SÉRIE NOIRE

Collection créée par Marcel Duhamel

MARTO PARIENTE

BALANEGRA

TRADUIT DE L'ESPAGNOL
PAR SÉBASTIEN RUTÉS

nrf

GALLIMARD

Cet ouvrage a bénéficié du soutien du CNL.

CENTRE NATIONAL DU LIVRE

Titre original :
HIERRO VIEJO

Pour Manolo.
Garde le sourire, dur à cuire, où que tu puisses bien être.

Les jours de l'eau sont comptés,
Mais pas ceux de la boue.

ENRIQUE LIHN,
« Boue »

Le bruit d'un cercueil sur la terre est quelque chose de tout à fait sérieux.

ANTONIO MACHADO,
« À l'enterrement d'un ami »*

* Traduction de Sylvie Léger et Bernard Sesé, Gallimard, 1981.

Coveiro

Il allait falloir encore deux bonnes heures au vieux fossoyeur de Balanegra pour rentrer chez lui. Les mains vides. Il parcourut le chemin sans hâte, le soleil du matin qui montait dans son dos rétrécissait son ombre. Il suivit le ravin et laissa derrière lui les contreforts de la sierra, à l'endroit où l'or des champs moissonnés parsemés de chênes verts succède aux ronces brunes et à la noirceur du granit et de l'ardoise. Après quelques minutes de descente, les étroits sentiers tracés par des animaux et les pierriers humides sous les broussailles finirent par disparaître. Il longea alors un champ de blé, avec ses balles de foin prêtes pour le transport. Il s'arrêta pour rajuster la bretelle de son fusil sur son épaule. Il cracha sèchement entre ses dents, le bout de sa langue pointant sous ses incisives, et essuya la sueur de son front avec la manche de sa chemise.

Voilà plus d'une semaine qu'il suivait cette piste et, bien qu'il ait eu l'animal dans sa ligne de mire, il rentrait encore bredouille. Il se demanda si vieillir voulait nécessairement dire mollir.

Qu'est-ce qui avait bien pu se passer là-haut ?

Rien, essayait-il de se persuader, en tout cas rien de grave. À son âge, il n'aurait pas aimé que des fantômes se mettent à le hanter au beau milieu de la nuit, surtout des fantômes familiers. Il en connaissait, des gens comme ça. Des histoires de types qui avaient pété un plomb longtemps après avoir changé de vie.

Il s'efforça de ne plus y penser.

D'accord, mais en attendant, tu n'as pas tiré, se dit-il.

Le clocher de l'église du village apparut dans le lointain, par-dessus les bois de la vallée. Il arriva au bord de la rivière, s'agenouilla pour se rafraîchir le front et la nuque, porta un peu d'eau à sa bouche dans le creux de sa main et la recracha. La crosse reposait sur les pierres, le soulageant du poids du fusil.

Il resta un bon moment dans cette position, à regarder son reflet s'effilocher dans le courant comme si la rivière voulait effacer toute trace d'humanité.

Tous les jours, le vieux fossoyeur partait avant l'aube avec sa gibecière, son couteau de chasse et son fusil, et rentrait vers dix heures du matin. Toujours les mains vides. Depuis qu'il s'était installé dans la maison du cimetière, près de deux ans plus tôt, il n'avait pas fait une seule prise. Rien. Pas un chevreuil, pas le moindre sanglier. Depuis longtemps, il ne tirait plus le petit gibier. Sa main se faisait moins ferme et, sans chien, ces animaux n'étaient pas faciles à pister. Quant aux lapins, renards ou lièvres qui croisaient son chemin par hasard, il se refusait à les tirer. Comme excuse, il se disait qu'il n'avait jamais tué de cette façon.

Jamais.

Et il n'avait pas l'intention de commencer maintenant.

Il se focalisait donc sur le plus gros gibier, en particulier les sangliers. Il repérait d'abord des traces, les suivait et, si après une semaine à remonter sa piste l'animal restait dans la même zone, il essayait d'avoir sa peau. C'était une sorte de jeu, de loi tacite, un code d'éthique entre le chasseur et sa proie. Si, au bout de deux jours, il ne levait pas l'animal, c'est qu'il avait mal fait son travail.

Il se releva, repassa la bretelle sur son épaule et, après avoir franchi la rivière sur une vieille passerelle en bois fragile, sans garde-corps, repartit vers le village. Depuis qu'il était responsable du cimetière, à moins d'un enterrement à la première heure, chose qui n'était arrivée que rarement, il allait chasser tous les matins. Et pourtant, malgré les occasions qui n'avaient pas manqué, loin de là, il rentrait encore et toujours bredouille à la maison.

Il était de mauvaise humeur.

Ce matin-là, il aurait pu ramener un sanglier, ou en tout cas un quartier. S'il avait tiré, il aurait pu le saigner et le dépecer sur place. Il aurait emporté les cuissots et une partie de l'échine, et enterré le reste pour ne pas attirer les vautours.

Mais il n'avait pas appuyé sur la détente.

Après les pluies de la semaine passée, en remontant une crête, il était tombé sur les traces du sanglier. Le terrain boueux avait obligé celui-ci à quitter l'abri des broussailles pour les chemins. À en juger par la profondeur de ses empreintes, c'était une belle bête. D'une taille inhabituelle. L'homme avait suivi la piste jusqu'aux pierriers et, après quelques jours, l'animal n'avait toujours pas quitté le ravin qui se trouvait un peu plus loin. Il gîtait entre les mûriers et les buissons d'églantiers, dans une cavité de la paroi de granit juste sous le promontoire un peu plus au nord. Le vieux fossoyeur l'avait débusqué à la lueur ténue de l'aube. Dérangé, le sanglier s'était avancé à sa rencontre, la tête droite, et l'avait observé à une dizaine de mètres de distance, peut-être moins. Au milieu de la clairière. Ils étaient restés comme ça un bon moment. L'animal n'avait pas montré le moindre signe de vouloir charger pour s'enfuir. À première vue, il n'avait pas l'air si grand, mais le vieux fossoyeur savait sans le moindre doute que c'était celui qu'il avait traqué toute la semaine. Il avait pris son fusil, introduit deux cartouches, refermé lentement, le plus silencieusement possible, et calé la crosse à la jointure de son épaule et de sa poitrine. Il avait enroulé la sangle autour de son poignet et fait de son mieux pour contrôler sa respiration.

Ne tremble pas, espèce de vieux machin, s'était-il dit, tu y es presque.

La bête n'avait pas bougé. Le vieux fossoyeur avait appuyé le doigt dans le creux de la détente, et c'est au moment où il s'apprêtait à faire feu qu'il avait compris pourquoi le sanglier restait immobile. Deux marcassins avaient fait leur apparition derrière lui. Il avait grogné et les avait repoussés du groin vers le trou. En trottinant maladroitement, les marcassins avaient disparu sous les ronces. Coveiro avait soudain saisi pourquoi les empreintes étaient si profondes. C'était une femelle enceinte. Les petits n'avaient pas plus de cinq jours. Elle avait dû sentir la présence du vieux depuis longtemps mais n'avait pas quitté le ravin parce qu'elle allaitait.

La laie n'avait aucune échappatoire, mais elle ne se décidait pas non plus à charger. Elle grognait pitoyablement.

Une façon de faire comprendre au vieux qu'elle se sacrifiait pour sa progéniture.

Un ancien souvenir avait soudain traversé l'esprit de Coveiro, qui avait retiré son doigt de la détente pour poser le bout sur le pontet.

Malédiction, avait-il susurré.

Et il avait quitté le ravin ; sans cesser de tenir l'animal en joue, il avait reculé lentement et disparu derrière les arbres par où il était venu.

En apercevant les premières maisons du village, il s'arrêta pour observer l'horizon par-dessus les toits, en direction du sud. La silhouette d'une balleuse avançait paresseusement dans les champs. À cinq ou six kilomètres. Il n'en était pas certain. Si ça se trouve, ce n'était même pas une balleuse. Sa vue aussi laissait beaucoup à désirer.

Il cassa son fusil, retira les deux cartouches et les rangea dans la poche de sa chemise. Le vieux fossoyeur ruminait encore ce qui s'était produit là-haut, et telle fut la conclusion à laquelle il finit par arriver : s'il n'avait pas pressé la détente, c'était parce que la laie qui protégeait ses petits lui avait remis en mémoire le nom d'une certaine Rosalía Ott.

Avis aux amateurs

L'histoire d'une certaine Rosalía Ott…

Venezuela. Île de Gran Roque. En 1981, au cours des derniers mois de la saison sèche, il avait été décidé que l'animatrice radio devait disparaître avant mai, qui marque le début de la période hivernale. Les gens ne s'évanouissent pas comme ça dans la nature. Il y a toujours une bonne raison. N'importe laquelle. Dans le cas de Rosalía Ott, c'était la hausse du prix du baril de brut. Où est passé l'argent ? Cette question qu'elle répétait tous les matins sur les ondes, pendant son émission, n'y était pas pour rien non plus.

Voilà pourquoi Coveiro se trouvait dans le pays, au bord d'une falaise, assis à l'intérieur d'un Wagoneer 4 × 4, à écouter rire les mouettes. Depuis deux heures, la légère brise de mer qui soufflait depuis la plage caressait son visage, tiède et douce. Il venait d'avoir vingt-huit ans, ses cheveux en désordre lui donnaient l'air encore plus jeune. Le front haut et le regard fixé sur les virages du chemin de terre, huit cents mètres en contrebas. Il était encore loin, le temps des mains qui tremblent, de la vue fatiguée, des soucis de prostate et du mal de dos. Sur la banquette arrière, sous une bâche, une carabine de chasse, son instrument de travail, une Remington 700 avec lunette de visée 1 × 40, et, scotché au cache sous le moteur, un vieux Luger dont le percuteur ressemblait à un clou rouillé.

Il n'avait rien trouvé de mieux.

Travailler sur une île est toujours plus compliqué. Non seulement il est difficile de se procurer du bon matériel, mais en plus les moyens de fuir, une fois le travail accompli, sont limités. Par-dessus le marché, l'animatrice était en retard.

Des chromes qui scintillaient au niveau des premiers virages le ramenèrent à la réalité. Il retira la bâche qui recouvrait la carabine, la plia plusieurs fois, et appuya l'arme sur le capot de la jeep. Il ouvrit le bipied, posa la Remington sur la bâche et ajusta la mire à six cents mètres. Entre le quatrième et le cinquième virage. Il n'y avait presque pas d'arbres sur l'île, il faudrait s'en remettre à la poussière soulevée par les roues du véhicule pour se faire une idée du vent.

Il introduisit une cartouche dans la chambre et verrouilla la culasse. Du calibre 7.08 Rem dont il améliorait la distance avec des balles 120 grains. Il caressa le pontet du bout du doigt avant de le poser délicatement sur la détente. Il inspira profondément et expira à fond pour vider complètement ses poumons. Le pare-brise du pick-up apparut au bon moment, avec, derrière, le visage de Rosalía Ott. La courte ligne droite entre les deux virages donnait à Coveiro trois ou quatre secondes de marge. Il augmenta la pression sur la détente et aurait continué jusqu'à ce qu'éclate la détonation s'il n'avait pas remarqué une ombre sur la banquette arrière.

Il bougea légèrement la carabine et les vit. Deux enfants. Un garçon et une fille. Difficile de préciser l'âge; selon lui, entre huit et dix ans, pas plus. Il retira l'index de la détente, relâchant la pression sur le ressort. Avec deux doigts, il tambourina sur le pontet, secoua la tête et tira sur le levier pour extraire la cartouche.

Lorsque le pick-up de Rosalía Ott arriva à sa hauteur, Coveiro avait tout remballé et fumait une cigarette appuyé sur son capot. Leurs regards se croisèrent quelques secondes. Légère inclinaison de tête en guise de salut entre deux inconnus.

Il comprit qu'elle était allée chercher ses enfants à l'aéroport, c'était la cause de son retard. Il finit sa cigarette, écrasa le bout sur le talon de sa botte et garda le mégot dans sa poche.

Changement de plan.

D'une manière ou d'une autre, il fallait finir le travail avant l'aube.

Rosalía Ott passait trois semaines par an sur l'île. Elle séjournait dans une maison en bois de chêne et de noyer qu'elle s'était fait construire quelques années auparavant. Le porche donnait directement sur la mangrove du nord de l'île. Un endroit tranquille et inhabité. Il aurait déjà pu accomplir sa mission là-bas, plusieurs jours avant, s'il n'y avait pas eu la petite note qui accompagnait le nom de Rosalía Ott. Il y était écrit : *Avis aux amateurs.*

Il fallait donc s'arranger pour faire passer un message clair à ceux qui seraient tentés d'emprunter la même voie qu'elle. Voilà pourquoi l'idée d'une balle dans la tête pendant qu'elle était au volant paraissait tout indiquée. Désormais, il fallait trouver autre chose, et les enfants compliquaient la tâche. Un autre que lui aurait tiré parti de la situation.

Comment rêver message plus clair que d'éliminer une mère avec ses deux enfants ?

Coveiro attendit la nuit et prit la direction de la maison. Il laissa le Wagoneer au village et atteignit le porche de bois en longeant la mangrove. La femme était assise dans un rocking-chair, dans l'obscurité. Elle avait un verre à la main et le regard perdu sur la mer.

— J'attendais votre arrivée, dit-elle.

La lune donna au Luger des reflets bleutés.

Silence.

— J'ai tout de suite compris en vous voyant sur la route. J'étais avec mes enfants, je ne sais pas comment l'expliquer… Je n'ai jamais pensé que j'étais une bonne mère, toujours au travail, trop de choses en tête, vous savez comment c'est. Mais en vous voyant, quelque chose m'a fait comprendre qu'ils étaient en danger. Bizarre, pas vrai ?

Coveiro fit oui de la tête. Elle cherchait à faire bonne figure, mais ses mains tremblaient légèrement et la liqueur dansait dans son verre.

— Vous auriez dû partir quand vous m'avez vu.

Elle haussa les épaules, un faible sourire aux lèvres.

— Ce n'est pas mon genre, ça ne l'a jamais été, dit-elle. Et puis, pour aller où ? Nous sommes sur une île et le premier vol ne part que demain à midi. Non… J'ai préféré m'asseoir pour vous attendre. Je veux que mes enfants soient épargnés.

Elle vida alors son verre et releva la tête. Elle ne tremblait plus. Il y avait une sorte de détermination sauvage dans ses yeux. De nouveau, Coveiro fit oui de la tête.

— Vous avez ma parole, dit-il.

Plus tard, à bord d'un vol pour Caracas, Coveiro repenserait à tout cela. À ce regard. Au bout de quelques jours, la presse internationale commença à se faire l'écho de la nouvelle. Ce fait divers ne laissa pas les journalistes indifférents, il s'agissait tout de même de Rosalía Ott, l'animatrice radio de la matinale la plus écoutée. La police de Gran Roque demanda de l'aide, on n'était pas habitué à gérer des affaires pareilles sur l'île. Officiellement, l'enquête suivait son cours, mais, officieusement, l'ordre était de classer le dossier au plus vite. Soi-disant, on ne voulait pas alarmer la population, ce genre de fariboles.

Toujours est-il qu'il ne fut plus jamais question du prix du baril de brut et que personne ne demandait plus où était passé l'argent des contribuables. Il faut dire qu'une certaine Rosalía Ott avait été découverte dans le coffre de son pick-up, sous une bâche, une balle dans la tempe. Ses enfants se trouvaient à l'avant, ils ignoraient la présence du cadavre. Ils avaient fait signe au premier policier qui était passé près de la voiture. Ils devaient lui remettre une enveloppe fermée.

À l'intérieur, trois mots écrits à la main : *Avis aux amateurs.*

Un clown entre dans un bar…

Le panneau indiquait : ÉTABLISSEMENT SÉRIEUX.

Assurément, le *Bublé* en avait l'air. Comptoir en bois laqué en forme de L. Des tabourets en cuir clouté vissés au sol. Une lumière tremblotante pour cacher les éraflures du bois et la tapisserie déchirée. En musique de fond, du violon flamenco.

Chester se plongea dans le journal du jour, qu'il avait lui-même apporté. Il restait une dernière gorgée dans son verre, dont il utilisait le fond épais comme loupe. Il le tenait à deux mains pour être sûr de ne pas le lâcher. Lorsqu'il approcha l'œil du whisky, les lettres déformées de l'article apparurent oblongues de l'autre côté du verre. Chester resta un bon moment dans cette position. Si ça se trouve, ça va m'aider à découvrir la vérité, se disait-il : une affaire trouble à travers un filtre éthylique. Je suis journaliste, oui ou non ?

Il écarta le verre du journal et les lettres reprirent leur taille normale. Une note à mi-chemin entre la politique nationale et la section des faits divers. Page 6. Le titre : *Leonardo de Miguel succombe à un infarctus.* Pas grand-chose, seulement deux paragraphes écrits par Chester lui-même la veille au soir. Un coup de fil de dernière minute, la conversation suivante :

— Note ce que je te dis, avait ordonné le Russe au téléphone : *Cette ordure est clamsée.*

— Je peux pas publier ça…

— Alors mets *León de Miguel*, tout le monde pensera ordure.

— Qu'est-ce qui s'est passé ?

— C'est là que ça devient marrant, écris bien tout, avait dit le Russe. Il a calanché pendant qu'on perquisitionnait chez lui.

Chester avait reçu un deuxième appel le matin même, avant d'arriver à la rédaction. C'était encore le Russe. À cinq heures au *Bublé*. Et il avait raccroché. Voilà pourquoi, après avoir traversé la moitié de la ville, cette bonne pomme de Chester se retrouvait assis au comptoir d'un rade mal éclairé qui avait connu des jours meilleurs. Tout en vidant sa dernière gorgée, il capta le regard du serveur et désigna son verre.

— Sans glace, pas de gling-gling, dit-il, la même chose, pas plus de deux doigts.

Le serveur attrapa une bouteille en bas du présentoir, dévissa le bouchon, leva le coude sans cérémonie et s'apprêtait à servir lorsqu'il s'immobilisa, le goulot à quelques centimètres du verre, les yeux sur la porte, un sourcil levé. Chester se retourna sur son tabouret.

Un clown venait d'entrer dans le bar.

En plus de Chester et du serveur, il n'y avait pour clients que deux types en manches de chemise qui avaient l'air de courtiers en assurances et un vieux en costume froissé qui feuilletait la presse sportive. Tous se retournèrent vers le nouveau venu. Pareil que le serveur : la bouche ouverte et la surprise qui se lisait dans les sourcils. En deux enjambées, le clown se planta près de Chester. Avant de s'asseoir, il ajusta son pantalon bouffant en tirant sur les pinces de ses bretelles et fit face à l'assistance.

Son maquillage souriait, pas lui.

Il dégageait quelque chose de contradictoire et d'inquiétant. Ses yeux passèrent les clients en revue l'un après l'autre. Le message était clair : un problème, messieurs ?

Pas le moindre.

Tous détournèrent le regard pour s'en retourner à leurs affaires.

Le Russe retira son nez rouge, sa perruque orange, et les posa sur le comptoir en se frottant le haut du crâne.

— Ça gratte, cette merde. La même chose que d'habitude, dit-il au serveur.

— Le Russe, c'est un établissement sérieux, ici. Qu'est-ce qui se passe ? C'est le nouvel uniforme de police ? lui demanda Chester en se replongeant dans son verre.

— Fais pas trop le malin, toi. Aujourd'hui, c'est l'anniversaire de ma fille. Tu sais combien ça coûte, d'engager un clown ? Je veux un clown, papa, je veux un clown, papa, dit-il en modifiant sa voix. Et mon ex qui répète : Tu as entendu, elle veut un clown. Qu'est-ce qu'elles croient ? Que l'argent tombe du ciel, ou quoi ?

Sa commande était déjà devant lui, une liqueur de plantes dans un long verre. Il en vida la moitié en une seule gorgée.

— Putain, je lui refile déjà trois cents balles tous les mois pour les frais, plus la moitié de l'hypothèque de la maison. Une maison que… Bon, on s'en fout !

Il avala l'autre moitié et tapa deux fois sur le comptoir avec la main :

— Un autre, celui-là a eu son compte. Enfin… elles veulent un clown, eh ben elles vont l'avoir, leur putain de clown !

— Est-ce que l'idée serait pas plutôt de les faire rire ? Je sais pas, moi, que les mômes passent un bon moment, pas qu'ils se chient dessus, si ?

— T'en fais pas, Chester – sous le sourire maquillé, le sien dessina un double mensonge sur son visage –, je peux être très drôle quand je veux.

Chester l'observa de plus près : un costume vert fané, comme celui du clown triste de la pub pour Mir couleurs ; des boutons orange assortis à la perruque ; du maquillage blanc que la sueur commençait à diluer, formant d'irrégulières auréoles sous les yeux ; une barbe naissante qui lui obscurcissait le visage, le poil raide dépassant comme un champ moissonné sous une légère couche de neige. La seule chose qui n'avait pas changé, c'étaient ses bottes à bout d'acier. Pour tout dire, il faisait encore plus flipper qu'en uniforme.

— Si tu le dis…

Le Russe attaqua son deuxième verre à petites gorgées. Chester fit de même avec ses deux doigts de whisky.

— Laisse tomber et parlons affaires, dit le Russe. Alors voilà, qu'est-ce que tu sais de l'histoire de León de Miguel ?

Chester réfléchit quelques secondes.

Rien du tout.

Leonardo, le fils aîné de Mme Rubí de Miguel. Le rejeton

de la patronne de Carbac, le plus gros acteur de l'industrie de la viande dans le pays. Entré en politique, mis en examen pour une affaire de pédophilie et mort d'une crise cardiaque la veille dans l'après-midi. Personne ne savait rien de plus. L'enquête pour abus sexuel sur mineur était soumise au secret de l'instruction et, étonnamment, rien n'avait fuité dans la presse. Il avait succombé à un infarctus alors qu'il assistait à la perquisition de son domicile par la police.

Voilà tout ce que Chester savait.

— À peu près rien, finit-il par dire après avoir fait tourner son whisky dans son verre. On sait qu'il était mis en examen et que le procureur et le tribunal suprême avaient assez de preuves pour le placer en détention provisoire. Mais rien sur la victime ni sur comment ou quand se sont produits les faits. La mineure n'a pas porté plainte… d'ailleurs on ne sait rien d'elle.

— Ça va bientôt changer, et c'est ton putain de jour de chance. Écoute-moi bien, parce que c'est du lourd… On m'a appelé il y a environ quinze jours, d'accord ? Vers dix ou onze heures du matin. Onze, plutôt. Apparemment, les résultats des tests ADN ordonnés par le médecin légiste la semaine d'avant étaient arrivés.

— Une seconde, ralentis. On a ordonné des tests ADN ? Pourquoi ? demanda Chester, qui fit claquer son stylo tout en sortant un bloc-notes de la poche de sa veste.

— Va pas plus vite que la musique et écoute-moi, je vais y revenir. Donc, les résultats arrivent, d'accord ? continua le Russe. Identification positive. Aucune marge d'erreur possible, selon eux. Mandat d'arrêt direct. Tu imagines qui allait avoir droit aux menottes ?

— León de Miguel, jusqu'ici j'arrive à suivre.

— Bingo ! dit le Russe après une nouvelle lampée. La question que tu te poses, ce que personne ne sait, c'est pourquoi. Les gens sont au courant que c'est une histoire d'abus sexuel sur mineur, mais ils ignorent qui est la victime et quel est l'objet exact de sa plainte. Tu sais pourquoi personne n'est dans la confidence ?

Chester secoua la tête.

— Parce qu'il n'y a pas eu de plainte. Me regarde pas comme ça, il n'y a pas eu de plainte, c'est tout. L'histoire est un peu plus compliquée que ça, tu vas voir… Une semaine avant la matinée en question, il était tombé des trombes d'eau. Le jeudi, vers quatre heures du matin, un chauffeur de nuit a cru bon de signaler ce qu'il avait vu sur la route. Et qu'est-ce qu'il avait vu ? Une voiture renversée sur le bas-côté. Le type qui la conduisait devait se dire que prendre les virages, c'est pour les autres. Enfin… peut-être pas, va savoir, toujours est-il que, quand il a voulu tourner, le virage n'était plus là.

Le Russe s'esclaffa de sa propre blague pas drôle et but une petite gorgée de liqueur de plantes avant de continuer.

— On s'en fout… Voilà donc que le camionneur décide d'appeler les secours et que le cirque commence. L'ambulance, la garde civile, les pompiers. Toutes lumières dehors, la grande kermesse. La route barrée. Après un petit coup d'œil, nouvelle alerte. Cette fois, c'est le juge et le légiste qui débarquent.

— Pour un accident de la route ? demanda Chester tout en continuant à prendre des notes dans son carnet usé.

— Mais non, mon gars, non. Ils devaient être à la ramasse.

Le légiste a conclu sans le moindre doute possible que le conducteur du véhicule était mort dans l'accident. À en croire les tatouages sur ses doigts, ses avant-bras, sa poitrine et son dos, c'était un type d'Europe de l'Est. Aucune pièce d'identité.

— J'y comprends rien, tu m'as perdu. Qu'est-ce que León de Miguel a à voir là-dedans ? Un accident de voiture ? Un type de l'Est ?

— Concentre-toi, c'est maintenant que ça se corse. On pratique des analyses ADN sur le conducteur mais il n'y a rien dans la base de données. Pareil pour les empreintes digitales, aucun résultat. Rien. Un fantôme. L'homme invisible. Probablement un tueur à gages.

Le Russe fit une pause.

— Mais l'ADN qui nous intéresse, c'est celui qu'on a retrouvé sur le cadavre de la gamine que ce type transportait dans son coffre, les fragments de peau sous ses ongles et le sperme dans son vagin.

Chester arrêta de griffonner.

— Sans déconner !

— Voilà pourquoi il n'y a pas eu de dépôt de plainte. Marrant, non ? Enfin… Je te laisse imaginer le reste. Le cadavre d'une gamine dans le coffre d'une voiture, avec des traces d'ADN de León de Miguel.

— Une question, le Russe. Pourquoi vous aviez…

Le Russe ne le laissa pas terminer. Il vida son verre et remit sa perruque orange et son nez rouge.

— Si l'ADN de León de Miguel figurait dans la base de données de la police, c'est parce qu'il avait des antécédents. Il a été marié, à une époque. C'est pas de *notabilité* publique, je sais pas si c'est comme ça qu'on dit. C'était il y a quelques années. Son ex-femme a porté plainte pour violences domestiques. Tu connais la chanson : nuit au poste, empreintes digitales, coton-tige sur les gencives. Enfin, dit-il en se levant de son tabouret et en rajustant son pantalon par-dessus ses bottes, tu dois déjà te douter du reste. Prison préventive à l'instant même où son nom est apparu dans la base de données. Hier, ils le sortent de taule pour assister à la perquisition de son domicile qu'avait ordonnée le juge, et le voilà qui clamse. Un infarctus. Droit dans ses bottes. Pas de procès, ni merci ni merde, rien du tout. Qu'est-ce que t'en dis ?

Chester sortit une épaisse enveloppe en papier kraft qu'il posa sur le comptoir. Voilà ce qu'il en disait. Le Russe l'entrouvrit et passa le bout de son doigt sur la liasse de billets.

— Je t'ai dit que c'était ton jour de chance, dit-il en cachant l'enveloppe. Maintenant t'as du grain à moudre. J'y vais, sinon je vais être en retard à l'anniversaire. Merci pour la tournée.

Chester le suivit du regard à travers la vitrine du bar. Le clown, jambes arquées et démarche de voyou, ouvrit la portière de sa voiture et se laissa tomber sur le siège ; il referma d'un coup, alluma le moteur et démarra comme si la route lui appartenait. Un taxi klaxonna en l'évitant. Le Russe conduisait un vieux modèle de Ford que Chester n'arriva pas à identifier, avec le phare avant gauche explosé et l'aile cabossée. Vu comme il roulait, pas étonnant qu'elle donne l'impression qu'un fou avait joué du tambour dessus.

Après l'avoir perdu de vue, Chester vida son verre et jeta un dernier coup d'œil au panneau.

ÉTABLISSEMENT SÉRIEUX.

Un trou ou une niche ?

Ayant repensé toute la journée à ce qui s'était passé là-haut, Coveiro décida de retourner au ravin le lendemain à l'aube pour retrouver la laie et ses petits. Il refusait de s'inventer des fantômes, pas question. Il avait nettoyé la moisissure sur la palissade du cimetière et arraché les mauvaises herbes, mais, une fois le soleil disparu derrière les montagnes, il s'était retrouvé à tourner nerveusement dans la maison en grommelant. Il mit du temps à s'endormir. Il rêva d'une bougie qui faisait danser des ombres sur la paroi d'une grotte. Dans le rêve, il restait à regarder. Quelque chose était tapi dans l'ombre, il l'entendait respirer. Il se prépara à ce qui allait se passer, mais rien ne se passa.

Avant l'aube, il se mit en chemin et atteignit le ravin en un peu moins d'une heure. La cavité était vide. Aucune trace de l'animal ni de sa progéniture. Il fit demi-tour et repartit les mains vides. Une sorte de soulagement bourdonnait dans sa tête comme un essaim de mouches.

L'ombre d'abord floue du clocher de l'église se précisa au moment où le soleil se levait derrière les montagnes. Tout en haut, un nid de cigognes abandonné. Coveiro couvrit le dernier kilomètre dans la fragile lumière du jour nouveau. Le silence et une chouette qui hululait quelque part. Il remonta une rue. L'asphalte crevassé et déjà tiède à cette heure résonna sous ses bottes. Malgré cette longue marche, pas une goutte de sueur. Le tissu rêche effleurait sa peau et, à chaque instant, des frissons descendaient le long de sa colonne vertébrale, depuis sa nuque jusqu'à ses reins fatigués.

Quel vieux schnoque, se dit-il.

Il longea la palissade du cimetière jusqu'à la maison, essuya ses bottes sur le tapis et entra. Son neveu, en caleçon et débardeur, était assis à califourchon sur une chaise, devant la télé éteinte. Il portait sa ceinture à outils.

— Tu sais qu'elle n'est pas allumée.

— Je sais.

— Et on peut savoir ce que tu regardes ?

— Rien, tonton, ils ne passent rien d'intéressant.

— D'accord, Marco. Tu as pris ton petit déjeuner ?

Le gamin ne répondit pas.

Le vieux suspendit sa gibecière vide derrière la porte et rangea son fusil et la boîte de munitions dans sa chambre, sous son lit. À la cuisine, il prépara du café et fit frire deux tranches de pain dans une poêle. Il posa les assiettes sur la table et donna l'ordre au gamin de s'asseoir. Il lui attacha un chiffon autour du cou pour lui protéger la poitrine et tous deux mangèrent en silence. À la fin du repas, le vieux ramassa les assiettes et les verres, les posa dans l'évier, les lava à l'eau froide et mit le tout à égoutter. Il retourna au salon. Le gamin s'était rassis devant la télé éteinte. Sur la table, deux fleurs confectionnées avec le papier gras des serviettes de table. Le vieux savait comment fonctionnait l'esprit autiste de son neveu. C'était sa façon de remercier.

— Marco, dit-il, il faut mettre tes habits avant la ceinture.

— D'accord.

— Alors va t'habiller, allez.

— D'accord.

Marco fila dans sa chambre et Coveiro en profita pour sortir un cigarillo d'un des tiroirs de la cuisine, il l'alluma et se mit à la fenêtre qui donnait sur le cimetière. La rosée recouvrait marbre et granit. Des larmes de la première heure. Le village abritait à peine trois cents habitants, un peu plus en été. Tout compte fait, son travail de fossoyeur se limitait à un enterrement par an, deux au pire, les mauvaises années pour le village.

Il écrasa ce qui restait de son cigarillo sur le coin du banc de pierre, jeta le reste dans la poubelle et s'attela au programme du jour. Il s'assit à table et nota au crayon sur une feuille : peindre les murs de la remise.

Marco revint engoncé dans un bleu de travail minuscule. Il mesurait presque un mètre quatre-vingts. Le bassin comprimé comme celui des toreros, les poignets et les chevilles à découvert, une casquette élimée qui avait appartenu à son père et de vieilles espadrilles en toile rouge avec des bouts caoutchoutés blancs. Malgré son allure, Coveiro approuva de la tête : C'est mieux comme ça, dit-il. Il lui ajusta la ceinture à outils et lui donna la liste des travaux du jour.

— Comme d'habitude, Marco. Le mieux…

— … est l'ennemi du bien.

La sonnette interrompit leur routine. Coveiro se leva et se dirigea vers la porte. La sonnette retentit à nouveau.

— J'arrive, bon sang.

Il ouvrit. C'était l'employé de mairie, un petit type nerveux qui souffrait de troubles digestifs. Il transpirait abondamment et s'apprêtait à appuyer sur le bouton pour la troisième fois. Coveiro fit non de la tête et l'autre laissa instantanément retomber son bras.

— Quelle mouche t'a piqué ?

L'employé municipal sautilla d'un pied sur l'autre. Comme tout le monde au village, il essayait d'avoir affaire le moins possible à Coveiro. Le vieux rendait nerveux, et la nervosité n'était pas bonne pour son estomac.

— Vous avez du travail, finit-il par annoncer.

Le fossoyeur était homme de peu de mots, il se contenta donc d'acquiescer.

— C'est… pas quelqu'un du village, en fin de journée, ajouta l'employé municipal.

— Un trou ou une niche ?

— Un trou. Le maire vous fait dire qu'il faudrait mettre une chemise et une cravate, s'il vous plaît. Il y aura la télé.

— C'est qui, le macchabée ?

— Je n'en sais rien, on ne m'a pas dit. C'est le branle-bas de combat, donc j'imagine que c'est quelqu'un d'important, conclut l'homme en haussant les épaules.

Coveiro acquiesça de nouveau et lui claqua la porte au nez.

Dieu n'est qu'un croupier

Rubí de Miguel – alias la Matriarche, alias Black Jack, alias la Porchère – se rendait au cynodrome assise à l'arrière d'une berline noire. La cloison de séparation fermée. À côté d'elle, sans sa ceinture de sécurité, un cochon de lait sevré deux semaines plus tôt dormait roulé en boule, un porcelet qui n'avait pas de nom mais qui répondait, entre autres, aux surnoms de « Mon tout beau » et de « Cochonnerie », selon qui l'interpellait. Sur son dos, une blague macabre tatouée au fer rouge : I ♥ BACON.

Rubí acheva de lire l'article qui parlait de la mort de son fils, plia le journal plutôt que de le déchirer comme elle en mourait d'envie, ouvrit sa fenêtre de quelques centimètres et le poussa dans l'interstice jusqu'à ce que le vide l'emporte. Elle referma sans prêter attention aux coups de klaxon du véhicule qui les suivait. Un certain Chester avait publié toute l'histoire de son aîné. En double page. Tout. Même le sperme sur les vêtements et dans le vagin de la gamine retrouvée morte dans le coffre. Et cette photo… Putain, ils en avaient trouvé une qui datait d'environ deux ans, en pleine campagne électorale, sur laquelle León de Miguel apparaissait entouré d'enfants dans une école.

Elle se massa les tempes.

Ce que les gens pouvaient penser de León une fois mort lui était égal ; ce qui est fait est fait. Mais ce qui la rendait dingue et lui donnait la migraine, c'était que quelqu'un avait vendu la mèche. Enfin…, se dit-elle, il sera toujours temps de lui régler son compte plus tard.

Elle retira ses chaussures à talons, les posa près d'elle et laissa retomber sa tête en arrière pour observer les stries du plafond. Comme chaque fois qu'elle se sentait troublée, elle s'adressa silencieusement à Dieu. Elle n'était pas pratiquante mais priait à sa manière. Elle demandait de bonnes cartes. Pas grand-chose, mon p'tit Dieu, pensait-elle. Un valet et un as, pas besoin de plus. Je saurai bien me débrouiller, tu peux me faire confiance.

Elle savait, en effet.

Rubí voyait sa vie comme une éternelle partie de cartes où les joueurs mieux servis qu'elle se faisaient plumer les uns après les autres et quittaient la table la queue entre les jambes. Au fil des années, de nouveaux joueurs les remplaçaient, avec de nouvelles mains, mais les chaises autour de la table restaient les mêmes. Rubí souriait malgré elle en y songeant. Quelles bonnes poires !

Jusqu'où s'était-elle hissée !

La dirigeante de Carbac ne portait pas les présidents au pouvoir, elle ne les faisait pas tomber non plus, ça non. Trop de testostérone à son goût. La politique, selon Rubí, c'était comme les courses de lévriers. Aucun intérêt. Tape-à-l'œil, bruyant, excitant, mais guère plus. Tumulte de cris dans la dernière ligne droite, sueur, poussière et crocs. Un cirque tout juste bon à divertir. Un spectacle où parfois les uns gagnaient, parfois les autres. Rubí de Miguel se fichait de quel candidat passait la ligne en premier. Il n'y avait rien à attendre de la *photo finish*.

Elle ne misait pas sur la course parce qu'elle ne croyait pas à la chance.

Ce qui comptait vraiment, c'était que tous les hommes politiques, après l'arrivée, qu'ils aient gagné ou non, rentraient au chenil, où Rubí de Miguel les attendait avec des os à moelle, des croquettes et de la bidoche de première qualité pour tout le monde.

Ils lui mangeaient dans la main, avant et après chaque élection.

Elle claqua des doigts pour réveiller le petit cochon qui dormait sur le siège à côté d'elle. Celui-ci s'étira avant de s'approcher. Des pas malhabiles sur le revêtement de cuir. Elle le souleva par le harnais et le posa sur ses genoux pour lui caresser le dos. C'est ça, mon tout beau, brave bête, dit-elle. Le cochon de lait se laissait faire, les yeux fermés, en ronronnant.

Rubí de Miguel demanda une nouvelle fois un as et un valet au toit de la berline. Allez, c'est pas beaucoup demander, mon p'tit Dieu. Cela dit, à la réflexion, quelle différence si elle se retrouvait avec des deux et des trois ? Il fallait savoir bluffer. Après tout, Dieu ne prenait pas part au jeu. Il ne taillait pas le bout de gras et n'offrait pas de cigarettes. Il se contentait de sourire en regardant se dérouler la partie, et parfois mélangeait les cartes et les distribuait.

La cloison de séparation s'abaissa d'un ou deux centimètres.

— Madame, nous y serons dans cinq minutes.

Cloison remontée.

Elle se redressa pour remettre ses chaussures, accrocha la laisse au harnais du cochon et posa l'animal à côté d'elle sur le siège. Elle sortit un miroir de son sac à main pour refaire son maquillage et se recoiffer.

Cloison abaissée.

— Madame, nous sommes arrivés.

Quand la portière s'ouvrit, elle se glissa dehors, jambes croisées. Elle sortit le cochon par le harnais. Une fois l'animal confié à son chauffeur, elle s'engagea en claquant des talons sous les arcades, direction l'entrée VIP du cynodrome.

Très bien, voyons quelles cartes nous avons en main, se dit-elle.

Fini les prières. En vérité, elle ne se faisait pas beaucoup de souci, elle attendait seulement de voir. Après tout, pour Rubí de Miguel, Dieu n'était qu'un croupier.

Tout pend à la queue du chien

Cynodrome. Loge VIP. Des effluves de terre humide. Les gradins déserts et, en bas, sur la piste cylindrique, des employés qui ratissaient et arrosaient les couloirs de course. L'atmosphère convenait parfaitement à Dudas Franco, alias le Duc. Pantalon de serge et chemise bleue entrouverte, pas de cravate, des touffes de poils blancs en tire-bouchon au-dessus du dernier bouton, décontracté pour son âge. Le regard perdu sur les drapeaux qui ondulaient au-dessus de la tribune d'en face et les mains croisées dans le dos. Il faisait jouer son dentier dans sa bouche lorsqu'il entendit les claquements de talons.

— Tiens, tiens, tiens, dit-il une fois ses dents blanches revenues à leur place, l'incombustible Rubí de Miguel. Comment allez-vous ?

Une légère poignée de main, pas question de se faire la bise. Les affaires sont les affaires. Asseyez-vous, je vous en prie. Regards de bas en haut, comme des boas qui se jaugent, au cas où les choses tourneraient mal et qu'il faudrait essayer de se manger l'un l'autre. Sourires de vipères satisfaites en s'attablant au milieu de la pièce. Un serveur, plateau en main, posa devant eux une cafetière à piston, deux tasses et une moitié de citron dans une coupelle. Derrière lui, le maître d'hôtel. Impénétrable. Tout est fait selon vos désirs? Dudas Franco acquiesça, satisfait.

Et lorsqu'ils se retrouvèrent seuls :

— Désolé pour la perte de votre fils. Un café? dit le Duc.

Rubí de Miguel fit non de la tête et Dudas Franco regarda l'heure.

— Ne soyez pas trop désolé, dit Rubí, les mains posées sur ses jambes croisées. Je m'apprête à vous payer une fortune pour remettre de l'ordre dans ce foutoir…

— Entre quatre et six minutes, l'interrompit-il.

— Comment?

— C'est le temps d'attente pour le café. Chaque chose requiert le bon timing, expliqua le Duc. Et maintenant, c'est le moment de vous présenter mes condoléances.

— Écoutez, monsieur Franco, je ne veux pas de vos condoléances. C'est moi qui finance vos patrons, je paie leurs campagnes et leurs vices. Peu importe…

— Je sais, je sais… Vous m'avez déjà joué ce couplet. Peu importe à quel parti ils appartiennent, c'est vous qui payez les violons du bal, et tout et tout.

Il jeta un coup d'œil à sa montre avant d'appuyer sur le piston, sous le regard attentif de Rubí de Miguel. Une fois le café pressé, il consulta de nouveau sa montre.

— Maintenant, encore deux minutes, continua-t-il. Vous êtes sûre que vous ne voulez pas un café? C'est de l'indonésien, des «grains de civette».

Rubí de Miguel fit non de la tête.

— D'accord, vous ne voulez pas de mes condoléances, la femme d'affaires que vous êtes exige des résultats. Mais laissez-moi vous dire que ce que vous demandez n'existe pas, vous voulez l'impossible, un éléphant sorti du chapeau, marcher sur l'eau…

— Je ne demande qu'un « bonneteau ». C'est comme ça que vous dites, je crois, dit Rubí de Miguel.

— Bien sûr, bien sûr. Un bonneteau, rien que ça.

Dudas Franco versa du café dans une des tasses, prit le citron et se le passa sous le nez.

— D'abord, il faut le supprimer.

— Quoi ?

— Oh, je parle de l'odorat. Il faut le supprimer pour qu'il soit ensuite capable de distinguer toutes les nuances. Le reformater, le remettre à zéro. Comme pour la mort de votre fils, votre bonneteau à vous.

Il porta la tasse à son nez tout en touillant en spirale avec l'autre main.

— J'ai l'impression que vous croyez être en train de me faire une fleur. Je ne demande pas de faveurs, moi, n'oubliez jamais ça. Si on m'a mise en contact avec vous, c'est parce que j'ai fait ce qu'il fallait pour, attaqua Rubí.

Dudas Franco acquiesça en portant le café à ses lèvres. Expression d'approbation. Il savoura la gorgée, en mit un peu plus dans sa bouche, et finalement avala.

— Excellent, dit-il, je dirais même exquis. Très bien, je ne voulais pas vous vexer. Vous voulez votre bonneteau, c'est la raison de ma présence ici, vous avez raison sur ce point.

Il sortit un carnet et un stylo d'une sacoche en cuir posée

sous la table. Dans la poche de sa chemise, il prit de petites lunettes grossissantes et les mit sur le bout de son nez.

— Maintenant, si vous le voulez bien, résumons la situation, puis je vous expliquerai la suite des événements.

Il mouilla le bout de son doigt sur sa langue et tourna les pages de son carnet jusqu'à trouver celle qu'il cherchait.

— Je suppose, dit le Duc, que le décès de votre fils s'est produit avant-hier, comme convenu, correct ?

— Correct.

— C'est Garrido, le médecin légiste, qui a constaté sa mort, comme prévu. Correct ?

— Correct.

— L'enterrement doit avoir lieu en fin de journée, dit le Duc, toujours en consultant son carnet et en jetant de temps en temps un regard à Rubí par-dessus ses lunettes. Dans la localité de… Comment s'appelle le village, déjà ? Ah oui, voilà, Balanegra. Vers dix-neuf heures, peut-être un peu plus tard, mais certainement pas plus tôt. C'est un point important, d'accord ?

— D'accord.

— Très bien, très bien. Les autres consignes. À la sortie du funérarium, le cercueil couvercle ouvert. Il faut que le visage de votre fils soit bien visible. Les journalistes doivent pouvoir prendre des photos. Ensuite, le corbillard. Les rideaux tirés pour nous laisser le temps de tout préparer pendant le trajet. Au cimetière, cercueil ouvert jusqu'au dernier moment. Tout est bien clair jusqu'ici ?

— Tout est clair.

— Parfait. Maintenant, parlons des personnes impliquées. Le décès de votre fils León de Miguel a été constaté par… – il sirota une petite gorgée sans cesser de lire – par le dénommé Garrido. Vous êtes vraiment sûre que vous ne voulez pas goûter ?

— D'accord, mais uniquement pour que vous arrêtiez de m'emmerder.

Le Duc acquiesça, satisfait, et lui servit une tasse de café en l'invitant d'un geste à l'approcher de ses narines.

— Je ne sais pas ce que ça sent, dit Rubí en avalant d'un coup, mais c'est extra.

— On ne croirait pas que ces grains de café ont été chiés par une civette, pas vrai ?

— Hein ?

— La civette est un animal qui ressemble à un raton laveur, elle vit en Asie du Sud-Est. Elle avale les grains mais elle ne les digère pas. Alors elle les expulse par le rectum, tout simplement. Trois cents euros le kilo. Le café de merde le plus cher du monde, pour ainsi dire.

Il rit de sa propre plaisanterie.

— Revenons à nos moutons…, reprit Rubí en contenant une grimace de dégoût. Garrido, le légiste, est un ami de la famille. Nous nous connaissons depuis toujours, ajouta-t-elle. Toute la partie du… du nettoyage, comme vous dites, c'est vraiment nécessaire ?

— Oh oui, absolument. La partie la plus importante, si vous voulez mon avis. Quand on salit, il faut nettoyer. On ne fait pas d'omelette sans casser des œufs. Non, pas possible. Mon père, qu'il repose en paix, avait un dicton pour chaque situation, et devant ce genre de cas de conscience il disait toujours qu'on ne peut pas chier et sentir bon en même temps. Est-ce que c'est un problème ?

— Non, je crois que non, en effet.

— Alors c'est réglé. Continuons. Cette nuit… Qui se chargera de retourner au cimetière ?

— Deux de mes hommes, les frères Tapia, dit Rubí. Et pour éviter qu'ils se fassent arrêter au retour, un policier à ma solde les accompagnera. Il se fait appeler « le Russe ».

Le Duc nota les noms en dessous de celui du médecin légiste.

— Quelqu'un d'autre trempe dans l'affaire ? Il ne faut rien laisser au hasard. Il faut nettoyer tous ceux qui participent au bonneteau. Réfléchissez bien, c'est important.

— À part nous, non.

— À part nous, madame de Miguel, le monde n'est que chaos, une folle course de lévriers. Les chiens doivent courir après quelque chose. Un lièvre, en l'occurrence, dit le Duc en jetant un coup d'œil à la piste tout en retirant ses lunettes grossissantes. Mais ce n'est pas un vrai. En ce qui nous concerne, c'est un peu la même chose. Votre fils est mort. Je me comprends… Et pour que le bonneteau fonctionne, il faut suivre scrupuleusement les étapes. Mettez-vous bien ça dans le crâne. Sinon, tout peut partir en eau de boudin. Et là, je vous laisse imaginer le résultat…

— Je n'oublierai pas. Ah, une dernière chose. Un petit extra, dit Rubí en se levant de sa chaise pour lisser les plis de sa jupe. Quelqu'un de chez moi a craché le morceau à la presse. L'article est signé par un certain Chester. Je me fiche que les gens pensent que mon fils était un pervers ; je suis sa mère, je le connaissais par cœur. Ce n'est pas directement en lien avec notre affaire mais j'aimerais que vous ajoutiez son nom à la liste du ménage à faire. J'y verrais une marque de bonne volonté. C'est possible ?

— C'est possible, mais pas prioritaire pour l'instant, dit le Duc.

— Je ne vous demande pas de régime de faveur.

Après quoi elle lui souhaita une bonne journée et fila en faisant claquer ses talons.

En retournant à sa voiture, Rubí se dit que le Duc, malgré son verbiage et son café à la con, avait l'air de connaître son métier. Elle en était convaincue. Mon p'tit Dieu, t'as eu la main heureuse. Un as et un valet, tu parles : c'est une paire de rois qu'elle avait, au moins.

Une fois seul, Dudas Franco remit ses lunettes grossissantes et ajouta une dernière note dans son carnet.

« Chester : journaliste histoire León de Miguel. »

Il rangea toutes ses affaires dans sa sacoche. Eh bien, se dit-il en vidant le reste de son café, comme disait mon père chaque fois qu'il entrait dans un cynodrome : maintenant, tout pend à la queue du chien.

De la terre meuble où enterrer les souvenirs

Creuser une tombe à coups de pelle et de pioche requiert de grands efforts.

Or il paraît que l'effort aide à faire le vide dans la tête, à chasser les mauvaises pensées et à éloigner les souvenirs. Il paraît. Et pourtant, creuser un trou dans la terre faisait toujours travailler la mémoire de Coveiro.

Un jour, juste avant de mourir, quelqu'un lui avait dit qu'on ne se débarrasse jamais de son passé. À l'époque, il n'y avait pas réfléchi. Désormais, il savait que c'était vrai. Le type lui avait dit : le cerveau enterre les souvenirs quelque part, mais l'endroit n'est pas bon, crois-moi, pas bon du tout. C'est un marécage à la terre molle et boueuse. Après l'orage, les os affleurent à la surface, ils ressortent périodiquement pour réclamer de l'attention.

Voilà pourquoi le passé allait et venait au gré des coups de pioche…

Dans le souvenir du vieux fossoyeur, la maison de son enfance s'appelait « la maison des joncs ». De la mauvaise maçonnerie sur un terrain argileux, avec un canal d'irrigation à l'abandon juste derrière. Deux chambres, une cuisine où deux personnes tenaient à peine et un salon. Ses parents travaillaient du matin au soir. Lui mécanicien, elle serveuse. Ils livraient la même bataille quotidienne chacun de leur côté, de sorte que Coveiro, lorsqu'il tentait de faire revivre leur souvenir, ne parvenait à distinguer que des ombres sur un mur. C'était son petit frère, dont il avait dû s'occuper une bonne partie de leur enfance, qui lui remettait le passé en mémoire, qui le ramenait encore et encore à la maison des joncs.

Richi, marmonna-t-il en plantant sa pioche dans la terre humide.

Richi et ses lunettes aux montures colorées dont il cassait un verre tous les trois mois. Celui que les gouttes dans les yeux laissaient bigleux après la visite chez l'ophtalmo et qui peignait son cache-œil en noir. Le morveux avec ses cheveux en pétard et son sourire édenté, le petit trésor, le gentil pirate plein de grands sentiments qui avait toujours une foutue dame à sauver. Celui qui s'attirait des ennuis en permanence et revenait de l'école à toutes jambes, les lunettes à la main et un œil poché. Le gamin dont les plans finissaient à tous les coups en catastrophe et qui se tournait inévitablement vers son grand frère en cas de danger, quand la situation devenait vraiment pourrie.

Putain, Richi, c'est toi qui m'as appelé à l'aide, murmura Coveiro.

Richi, son frère, qui s'était marié sans l'inviter à la noce et qui avait accepté ce boulot de fossoyeur dans un village oublié de Dieu. L'étrange adulte des photos qui le dévisageait sur le mur. Un type à l'air méfiant, avec des lunettes d'écaille noires. Le père grave, sérieux et responsable d'un enfant autiste.

Richi et sa foutue maudite déveine, haleta Coveiro en faisant levier sur une pierre pour l'enlever.

Celui dont la femme avait été emportée par un cancer. Celui qui avait cru que le bonheur, c'était autre chose. Qui s'était assis sur le banc d'un quai de la gare pour attendre le premier train, n'importe lequel. Qui avait sauté sur les rails.

Richi, Richi, Richi.

Celui qui avait laissé derrière lui un enfant qui regardait la télé éteinte.

Richi, putain, Richi… Celui qui était enterré quatre tombes plus loin.

Richi, grommela Coveiro en pelletant la terre hors du trou.

Un frère qui avait cessé de lui adresser la parole vingt ans plus tôt, à peu près à l'époque où ses dettes envers un escroc du coin avaient commencé à poser problème.

Et les souvenirs continuèrent d'affluer. Et Coveiro fut ramené au jour où quelque chose s'était cassé entre eux, le jour où il avait fallu creuser une tombe dans une carrière de gravier, le jour où son frère Richi lui avait dit qu'il ne voulait plus jamais le revoir.

Le nec plus ultra des sardines en boîte

C'est l'histoire d'un escroc et d'une pelle. Fin des années quatre-vingt, début des années quatre-vingt-dix.

À l'époque, les deux frères étaient encore en contact. Richi envoyait une lettre à Noël, une autre pour l'anniversaire, toujours à une boîte postale ; Coveiro téléphonait de temps en temps depuis la réception d'un hôtel. Les lettres de Richi, c'était du genre : Ici, tout va bien, j'ai rencontré une fille, j'ai trouvé un job de fossoyeur dans un village des environs, Balanegra, un coin tranquille, je crois que tu t'y plairais, ce genre de choses. Les coups de fil de Coveiro, toujours après avoir exécuté un contrat, n'importe où dans le monde : Amérique du Sud, Amérique centrale, Europe, allez savoir. Lui n'en racontait pas tant. Il s'agissait plutôt d'écouter. D'entendre la voix de son frère.

La dynamique était la même. D'abord, les questions.

Richi : Tu es où ? Quel temps il fait, là-bas ?

Coveiro : Tout va bien ? Tu t'es pas fourré dans un guêpier, ces temps-ci ?

Des questions rituelles.

Et les mensonges de rigueur.

Richi n'évoquait jamais ses problèmes d'argent récurrents et Coveiro, que son frère prenait pour le garde du corps d'un homme d'affaires, ne lui disait jamais où il se trouvait vraiment. Après, il y avait les « tu te souviens de... ? ». Des souvenirs d'enfance, leurs aventures dans la maison des joncs, quand papa et maman étaient autre chose que des ombres projetées sur un mur. Cette partie de la conversation rechargeait leurs batteries avant une nouvelle longue période de silence.

Tout était parti en vrille le jour où Coveiro avait reçu une lettre en dehors des périodes habituelles. Il vérifiait souvent sa boîte postale. À l'époque, il travaillait en Espagne. En Amérique centrale, on leur avait fermé les vannes et des affaires requéraient l'attention de son employeur au pays. La démocratie était encore au biberon, il fallait mettre un peu d'ordre. Fusions bancaires, nouveaux marchés, vieilles combines. Il s'agissait d'éteindre l'incendie avant que les flammes ne se voient trop. Un vieux sénateur qui avait combattu pour le Front populaire pendant la guerre civile le lui avait dit : rien n'a changé, les mêmes personnes aux mêmes places. Peu importe pour qui les gens votent, l'essentiel est qu'ils y croient.

Voilà où en était Coveiro, entre deux contrats, lorsqu'il lut ceci :

Je suis dans la merde. Je dois de l'argent à des gens dangereux, j'ai dû vendre la maison de papa et maman. Même comme ça, impossible d'éponger ma dette. Je ne sais pas quoi faire, je me disais que tu pourrais me filer un coup de main. Je sais que je suis inexcusable et que je l'ai bien cherché. Que dire de plus ?

Je t'embrasse,
Richi, ton frère.

Avant même que Coveiro le rejoigne à Balanegra, Richi s'était fait casser la gueule. Rien qu'un avertissement, apparemment. Il travaillait comme fossoyeur et vivait dans une petite maison qui appartenait à la mairie, en bordure du cimetière. À l'arrivée de Coveiro, il sirotait une canette de bière à la paille, assis dans un rocking-chair devant la porte. Des professionnels. Ils ne lui avaient rien cassé, mais il arrivait à peine à avaler, il marchait difficilement et pissait du sang. Les deux frères ne s'étaient pas revus depuis trois ans.

— Désolé pour la maison des parents, avait dit Richi, je sais pas comment j'ai pu être aussi débile.

— Laisse tomber, raconte-moi tout.

Alors Richi lui avait raconté.

Il n'avait pas fallu plus de deux jours à Coveiro pour retrouver l'escroc en question. Sa spécialité, c'était de jouer les intermédiaires pour plumer les pigeons. Pour commencer, moyennant commission, il vous refilait un ou deux bons tuyaux pour les courses de lévriers. De l'argent facile ? Très facile. Quelques verres dans un troquet, c'est moi qui invite. Je suis un type à qui on peut faire confiance. De l'allure, elle te plaît, ma veste ? Bien sûr qu'elle te plaît, le nec plus ultra, mon gars, le nec plus ultra. Enfin… Ah bon, t'es raide ? T'as besoin de cash ? Pas de problème. Je connais quelqu'un, un bookmaker, il est de la partie. Écoute, voilà ce qu'on va faire : on m'a refilé un tuyau de première bourre, mise cent sur le huit, dans la cinquième, en soirée. Si tout va bien, je prends vingt pour cent. T'en fais pas, c'est du cousu main, tu vas voir. Et le coup fonctionnait une ou deux fois, peut-être même trois. C'est alors que venait le moment de donner le coup de grâce au gogo. Tu vas voir, qu'il disait, je me suis fait rencarder, trois numéros dans trois courses différentes. On mise un demi-million et… putain, j'arrive même pas à faire le compte. Calcule, toi. T'as pas un demi-million ? Pas grave, tu m'as parlé de la maison de tes parents, on peut s'en servir comme garantie. Juste au cas où. Je connais des prêteurs sur gages. Il faudra leur rembourser le double, plus les intérêts, mais c'est du tout cuit. On touche le jackpot, on rembourse, et après on se la coule douce, la vie est courte, faut profiter. Bien sûr, les lévriers ne gagnaient pas et le pigeon voyait sa dette grimper à un million et demi, plus la maison. Les intérêts, tu sais ce que c'est. Qu'est-ce qui a bien pu se passer ? C'est alors que l'intermédiaire, l'air de ne rien y comprendre, vous laissait entendre que ces gens étaient dangereux et qu'ils voulaient leur argent. Dangereux comment ? T'as pas envie de savoir.

Le bookmaker, l'intermédiaire, les gros bras, tout le monde était dans le coup. C'était leur gagne-pain, et ils en vivaient bien.

La nuit du cinquième jour, Coveiro avait garé une camionnette aveugle à l'arrière devant le cimetière et klaxonné. Son frère était apparu sur le seuil. Tu as toujours ton fusil ? Oui. Alors va le chercher, ferme la maison et prends aussi une pelle, lui avait dit Coveiro par la vitre ouverte. Il l'avait refermée. Attends, je mets tout ça dans le coffre. Non, garde les outils avec toi et magne-toi de monter, on a du pain sur la planche.

Sur le chemin de la gravière abandonnée qu'il avait repérée quelques jours plus tôt, Coveiro avait dit à son frère d'ouvrir la boîte à gants. C'est quoi, ça? Le titre de propriété de la maison des parents.

Aucun des deux n'avait pipé mot jusqu'à la gravière. Qu'est-ce qu'on fait ici? Tu vas voir, passe-moi le fusil et prends la pelle. Richi avait encore du mal à se déplacer normalement. Ses ecchymoses avaient déjà changé de couleur une ou deux fois, mais on voyait bien à sa façon de marcher qu'il souffrait toujours le martyre. Coveiro avait tiré sur la poignée de la portière arrière en disant : *Alors comme ça, c'est toi le fossoyeur du village, hein?*

À l'intérieur du véhicule, quatre cadavres entassés, le nec plus ultra des sardines en boîte. Les corps sans vie des deux gros bras, du bookmaker et de l'intermédiaire, pieds et poings liés, un sac en toile sur la tête.

— Je ne peux pas, je…

— Tu peux, bien sûr que tu peux.

— Mais, mais… ils sont morts, putain.

— Richi, frérot, arrête de les regarder. Regarde-moi plutôt dans les yeux et écoute-moi. Richi!

Il l'avait giflé du revers de la main. Un claquement dans la nuit.

— Regarde-moi, putain. À la bonne heure. Sois attentif ou je te promets que je vais rentrer tout seul dans cette fourgonnette. Pour ces escrocs, c'est le terminus. Alors mets-toi à creuser, apprends une bonne fois pour toutes à enterrer ta merde.

Après avoir gémi et pleurniché, au moment où il avait l'air de retrouver son sang-froid, Richi s'était mis à hurler en tapant sur les cadavres à coups de pelle. C'est seulement après qu'il avait commencé à creuser en reniflant, le visage figé par les larmes.

Coveiro s'était assis à l'arrière de la fourgonnette, entre les portières ouvertes. Le fusil à portée de main. Tout en observant son frère, il réfléchissait. Il aurait pu régler cette affaire lui-même sans que Richi n'en sache rien. Se pointer un matin et lui remettre le titre de propriété en expliquant que tout était réglé, que c'était un malentendu. Et le laisser continuer à vivre sa vie. Mais il avait voulu lui donner une bonne leçon, lui faire comprendre que tout ce qu'on fait dans la vie a des conséquences.

Richi s'était vomi sur les chaussures un bon nombre de fois avant l'aube. La fosse enfin creusée, Coveiro avait aidé son frère à transporter les cadavres et à les y jeter.

Ensuite, ils avaient fumé une cigarette. Les mains de Richi tremblaient.

— Pourquoi tu m'as demandé d'apporter le fusil ?

— Pose pas de questions idiotes, et ne jette pas ton mégot quand tu auras fini. Écrase-le par terre et donne-le-moi.

Quelques minutes plus tard, Richi avait pris la pelle et commencé à refermer le trou.

Après cette nuit-là, il n'avait plus écrit à son frère ni répondu à aucun de ses appels. Pendant des années, chaque fois que celle qui allait devenir sa femme évoquait le sujet, il répondait qu'il ne le connaissait plus. Il me fait froid dans le dos, putain. T'y étais pas, toi : il a dit que si j'enterrais pas ma merde, il rentrerait en camionnette tout seul.

Elle n'avait jamais su de quoi il parlait.

M. et Mme Bobby

Foutrement parfaits.

C'est en tout cas ce que pensaient d'eux leurs voisins de lotissement. Charmants, les Bobby. Les hommes appelaient le mari Bobby, ils croyaient que c'était un diminutif, quelque chose dans le genre. Bobby ceci, Bobby cela… Bobby, encore une bière ? Comme ça, tout simplement. La blague, c'était que les femmes appelaient aussi son épouse Bobby. Bobby, très chère, on se voit à la salle de sport. Bobby, tu connais la dernière ? Ou : Bobby, tu es rayonnante, tu as fait quelque chose à tes cheveux, ma chérie ?

Toujours est-il qu'ils avaient organisé une fête genre Ibiza dans le jardin de leur maison, avec musique et barbecue, près de leur piscine en forme de rein.

Bobby ! Quelqu'un avait prononcé leur nom un peu fort et les deux s'étaient retournés. Ils avaient souri, toutes dents dehors. Des dents blanches, éclatantes. Bobby, chevelure blonde aux épaules, une robe d'été couleur crème et d'énormes lunettes de soleil. Bobby, bermuda et chemise à col Mao, énormes lunettes de soleil aussi.

Charmants ?

Furieusement !

Les hommes étaient à la bière, occupés à ne pas laisser trop cuire la viande sur le gril. Tous, sans exception, se pressaient autour du feu et jouaient les experts. Plus ou moins de charbon, l'ouverture des aérateurs, la hauteur de la grille et ne pas oublier de piquer les chorizos pour faire sortir le gras. Les femmes, c'était plutôt vin et commérages, elles parlaient chiffons en petits groupes dispersés ici ou là sur la pelouse. Si la distance entre les groupes pouvait sembler aléatoire, elle n'en était pas moins stratégiquement calculée pour que les unes n'entendent pas ce que disaient les autres. Une belle connerie, vu qu'absolument toutes les conversations tournaient autour de la foutue perfection des Bobby.

On m'a dit qu'ils étaient nés en Israël, dit l'une. C'est où, ça ? C'est un pays en guerre, non ? demanda une autre. N'importe quoi, t'as vu comment ils sont coiffés ? ajouta une troisième. Comment tu veux qu'ils soient en guerre ?

Pour le voisinage, les Bobby travaillaient pour l'ambassade d'Israël. Un emploi hautement qualifié. Ingénieurs. Ils n'intervenaient que lorsqu'on faisait appel à eux, ce qui arrivait très rarement, et ils partaient alors un jour ou deux, trois au maximum. Et tout commençait toujours par un coup de téléphone, comme ce jour-là.

Midi.

Petit aparté au bord de la piscine.

— Tout va bien ?

— J'ai la migraine, je t'avais dit que je ne voulais pas inviter les voisins.

— Mais…

— Laisse tomber. Qu'est-ce qui se passe ?

— Le Duc a appelé. C'est pour un bonneteau. Transport et nettoyage.

Un couple venait d'arriver pour le barbecue. Ils les saluèrent de loin. Bobby leva sa canette de bière et Bobby agita les doigts, genre coucou les amis.

— C'est qui ? demanda Bobby entre ses dents, sans cesser de sourire.

— J'ai oublié leur nom, ils viennent de s'installer dans le lotissement.

— Où ?

— Deuxième parallèle nord, quatrième villa ouest.

Ils arrêtèrent de saluer et revinrent à leurs moutons.

— Il nous a envoyé une liste ?

— Affirmatif, mon amour.

— Mon amour ? Va plutôt dire au revoir.

Un quart d'heure plus tard, ils s'excusaient auprès de leurs voisins. Je suis tellement désolée, dit Mme Bobby aux épouses. Je te laisse fermer quand tout le monde sera parti ? demanda-t-elle à une voisine. Pour sa part, M. Bobby informa les hommes qu'il restait de la viande dans le congélateur et des bières dans le frigo.

Ils partirent sans même se changer dans une BMW X5 à plaque diplomatique. Tout de blanc vêtus, en emportant seulement une valise chacun.

C'est elle qui conduit, remarqua une voisine avant de les perdre de vue. C'est toujours elle qui conduit, dit une autre. Ça lui va bien, cette nouvelle coupe, pas vrai ? ajouta une troisième.

Bobby entra l'adresse dans le GPS et donna à Bobby un comprimé contre la migraine. Ils avaient presque deux heures de trajet. Aucun des deux ne sourit plus jusqu'à leur arrivée en ville.

Ils se garèrent devant l'hôtel. Deux heures de l'après-midi environ, un peu de poussière en suspension et personne dans les rues. Ils entrèrent, valises à la main. La réception. Une réservation au nom de Bobby. Tout est en ordre, chambre 247. Ils se déshabillèrent. Bobby retira sa perruque blonde, la plia et la rangea dans sa valise, avec sa tenue d'Ibiza.

D'une des valises, ils sortirent une toile roulée qu'ils étalèrent sur le lit. Après un petit coup de chiffon à toutes les pièces pour en retirer la fine couche de lubrifiant, ils remontèrent les Glock : glissière, verrou, chargeurs, munitions, silencieux.

Le tout avec des mouvements mécaniques, précis, sans un mot et nus comme au premier jour.

Une fois douchés et changés, cheveux ras et casquettes de sport, ils mirent armes, argent et papiers dans un sac à dos. Ils descendirent au parking de l'hôtel. Dans un coin, une camionnette sur le côté de laquelle était écrit : LE DUC. SERVICE DE NETTOYAGE EXPRESS. Bobby passa la main sous le pare-boue, tâtonna du bout des doigts et en ressortit un trousseau de clés. Ils montèrent, claquèrent les portières et partirent en quête du premier nom de leur liste.

Un certain Chester.

Les pires mensonges sont ceux qu'on se raconte à soi-même

Une ombre passa sur la fosse. Coveiro s'arrêta de pelleter la terre pour lever la tête, la main en visière. Le gamin, pinceau à la main, son bleu de travail couvert de taches de peinture et le bout de ses chaussures en caoutchouc qui dépassait au bord du trou. Le soleil en plein visage n'avait pas l'air de le déranger. Le regard perdu dans le lointain.

— Qu'est-ce qu'il y a, Marco ?

— Ils apportent la pierre tombale quand ?

— Dans l'après-midi, un peu avant le macchabée. Il faudra te doucher. Et mettre un costume.

— Ils inscriront les dates ?

— Oui, ils inscriront les dates, dit le vieux.

— Tu as soif?

— Oui, pourquoi ? Tu m'as apporté une bouteille d'eau ?

— Non, je voulais seulement savoir si tu avais soif. Je retourne peindre. Salut.

Les mains sur les hanches, le vieux resta à fixer le bord du trou quelques secondes. Après quoi il se remit au travail, il fallait encore aplanir les parois de la fosse, emporter une partie de la terre qu'il avait sortie, mettre en place les poulies et préparer les cordes.

Il reprit le fil de ses pensées. Et il en arriva au jour de l'enterrement de Richi. Ce jour où il était revenu à Balanegra pour apprendre qu'il avait un neveu.

Coveiro n'avait plus parlé à son frère depuis plus de vingt ans, et pourtant il avait téléphoné à la maison du cimetière tous les derniers vendredis de chaque mois. Un seul coup de fil, cinq, six, sept tonalités, et puis le répondeur. Encore et toujours le dernier vendredi à la même heure. Il voulait que Richi n'ait pas de doute sur qui appelait. Mais personne ne lui avait jamais répondu.

Sauf la dernière fois. Juste avant le message qui disait « nous ne pouvons pas vous répondre » et tout le reste, quelqu'un avait décroché. Une voix cassée, avec un défaut de prononciation, comme si l'inconnu avait des difficultés à articuler correctement. C'était le curé du village. Il ne savait pas que Ricardo avait un frère. Après quelques secondes de silence, il lui avait présenté ses condoléances. Quand a lieu l'enterrement ? Demain midi.

Coveiro avait raccroché.

Il voyageait léger. Une valise avec du linge pour deux jours. L'idée, c'était de faire ses adieux à son frère avant de retourner dans l'ombre qu'il venait de quitter. Le curé l'attendait en chair et en os devant la tombe. Il portait les séquelles d'un infarctus ou d'une attaque cérébrale, quelque chose comme ça. Tout un côté de son visage pendait comme de la cire chaude. Près de lui, un gamin de quatorze ou quinze ans, les yeux dans le vague. Marco, avait dit le curé, je te présente ton oncle. Il n'avait pas fini sa phrase que le gosse avait déjà disparu entre les pierres tombales.

— Comme vous pouvez voir, avait dit le curé, il est différent.

— Qu'est-ce qui s'est passé ?

— Pour votre frère ? Il s'est suicidé. Il s'est jeté sous un train de marchandises ; s'il n'avait pas laissé son portefeuille sur le banc, personne n'aurait pu l'identifier. Vous n'êtes sans doute pas au courant, mais il ne devrait pas être enterré ici. Les suicidés ont un carré à part. Mais tant pis. Il est venu se confesser un ou deux jours avant, vous savez. Je crois qu'il l'a fait par… amour, le chagrin a été le plus fort. Son épouse lui manquait trop. Voilà pourquoi on l'enterre auprès d'elle. Elle a succombé à un cancer il y a environ deux ans.

L'inhumation était prévue à midi mais on n'avait commencé qu'à quatre heures. C'était le fossoyeur du village qu'on enterrait et le maire n'avait trouvé personne pour faire le travail à sa place.

Vers une heure, Coveiro s'était retroussé les manches et, sous un soleil de plomb, avait attrapé une pelle et commencé à creuser.

Tout en travaillant, il s'était dit que ce n'était pas son problème, qu'il ne devait rien à son frère, rien de rien. Il resterait une semaine ou deux, trois tout au plus, juste assez pour trouver quoi faire de Marco. Quelques jours plus tard, le maire lui avait dit mine de rien que la mort de son frère laissait le poste de fossoyeur vacant. S'il était intéressé, il pouvait l'avoir.

Coveiro avait répondu qu'il y réfléchirait.

Avec le temps, il avait voulu se persuader que, s'il était resté, c'était uniquement parce qu'il n'avait pas de meilleur endroit où aller. Que le job n'était pas si mal, et qu'en fin de compte, après la vie qu'il avait menée, il pouvait bien se consacrer à creuser des trous pendant quelque temps.

Encore aujourd'hui, il essayait d'y croire.

Deux ans avaient passé depuis l'enterrement de son frère. Les pires mensonges sont ceux qu'on se raconte à soi-même.

Des pieux, pas des cierges

Funérarium Ciudad Jardín. Veillée mortuaire, chambre funéraire n° 5.

Revêtu d'un costume croisé sur mesure, le corps de León de Miguel était exposé dans son cercueil. Mais il n'avait pas l'air de reposer en paix. Il avait les mains attachées sur la poitrine, le front plissé, on aurait dit qu'il ne trouvait pas l'au-delà à son goût. Sans compter qu'il avait un œil au beurre noir.

Sur le canapé, le médecin légiste Garrido. La grande classe, élégant, détendu, les jambes croisées. Un ami de la famille depuis belle lurette. Il esquissa un demi-sourire et haussa les épaules à l'adresse de celle qui venait d'entrer.

Rubí de Miguel, son porcelet dans les bras, n'en croyait pas ses yeux.

Par terre, comme un oiseau mort, gisait le livre de condoléances ouvert, avec une empreinte de pas sur la page blanche. Le reste de la couronne mortuaire avait été jeté dans un coin. Les fleurs éparpillées parmi les débris d'un bougeoir en céramique. De la bougie, un grand cierge, pas la moindre trace.

Le légiste Garrido dit :

— Tu ne vas jamais croire ce qui est arrivé…

Les toilettes des hommes.

Le joint des dalles tout sale, l'eau qui goutte d'un robinet et des taches noirâtres un peu partout sur les miroirs. Rubí de Miguel verrouilla de l'intérieur et s'agenouilla pour jeter un coup d'œil sous les portes des cabinets. Dans celui du milieu, des bottes à bout pointu en croco rouge qui n'arrêtaient pas de gigoter.

— C'est moi, dit-elle, fais pas de conneries !

Elle se mit de l'eau sur la figure et s'essuya avec du papier avant de se retourner face à la porte du cabinet. À l'intérieur, son plus jeune fils, Miguel de Miguel – alias le Dingue, alias Double Mickey. Malingre, un mètre soixante à tout casser, la trentaine bien tapée, le front dégarni et un tic qui agitait ses yeux couleur caramel. Il tenait une bougie entre les mains.

— Garrido m'a raconté.

— Je sais parfaitement ce que j'ai vu, maman.

— Très bien, on en parlera dehors.

— Non !

— Miguel de Miguel…

— Non !

— Ne m'oblige pas à venir te chercher. Tu as eu une crise, c'est tout. Tu prends bien tes médicaments ? Miguel ?

— Je les ai pris ce matin.

— Miguel de Miguel…

— Je sais ce que j'ai vu, d'accord ? Maman, León est revenu d'entre les morts ! Il s'est relevé, il s'est assis dans son cercueil et il m'a regardé.

— Écoute, mon fils…

— J'ai été obligé de lui taper dessus. J'ai essayé de… je sais pas, je sais pas…

— Garrido m'a dit. Tu lui as mis une droite avant d'essayer de lui planter ce cierge dans le cœur.

— J'avais pas de pieu.

Silence. Rubí de Miguel leva les yeux au plafond. Elle songea : mon p'tit Dieu, accorde-moi de la patience. Juste un peu de patience. Tu m'as donné deux fils : le dépravé sexuel dans son cercueil là-bas et celui-ci… complètement marteau, enfermé dans les chiottes. Alors, mon p'tit Dieu, tu me dois bien un peu de patience, putain!

— Qu'est-ce que tu dis?

— Rien, Miguel, rien. Tu as eu une crise, une hallucination, c'est tout.

— Maman…

— Écoute, voilà ce qu'on va faire. Tu es venu à moto?

— Oui.

— Tu la laisseras ici. Reste là-dedans pour te calmer autant que tu voudras, et après je te ferai raccompagner à la maison. Tu prends tes médicaments et tu t'allonges un moment en attendant l'enterrement. La veillée… disons que la nuit a été longue pour tout le monde.

Cela dit, elle partit en faisant claquer ses talons.

Double Mickey resta pensif un instant. Il posa le cierge près de la brosse des toilettes et sortit un couteau suisse de sa poche. Peu après, il rentrait chez lui sur le siège arrière de la berline noire de sa mère.

Cloison fermée.

Il était en train de se rouler un quatre-feuilles de beuh.

Après l'avoir léché, il l'alluma. Il entrouvrit la fenêtre pour essayer de faire sortir la fumée blanche avec les mains.

Peut-être qu'il avait tout imaginé, après tout. Pourtant, il avait bien suivi sa prescription. Perdre à nouveau la boule était sa hantise. Pas question que sa mère le fasse encore interner dans cette clinique. Il détestait les pyjamas crème, l'odeur de désinfectant, les promenades dans le parc et ne pas pouvoir se retenir de baver. Non, pas moyen, pas question que ça recommence, il préférait encore se tirer une balle. Alors, après une longue taffe de son joint, il décida de prendre ses médicaments aussitôt arrivé.

À la pointe du canif, il avait gravé sur la porte des cabinets du funérarium : BANDE DE CONS, IL FAUT DES PIEUX, PAS DES CIERGES. DOUBLE MICKEY.

Bouffées d'oxygène

En fin d'après-midi, Coveiro envoya Marco prendre une douche, il cira ses vieilles chaussures et étala son costume sur le lit. Bientôt, il entendit que l'eau coulait directement sur la faïence. Il alla voir dans la salle de bains. Marco était tout nu sur le tapis de bain, perdu dans son monde ; il suivait du bout des doigts les joints du carrelage.

— Tu fais quoi ?

— C'est un labyrinthe, tonton, je cherche la sortie, il y a toujours une sortie. Tu ne cherches pas la sortie, toi ?

— Allez, fais pas couler l'eau pour rien, dit Coveiro, entre dans la douche, je veux que tu sois bien propre, de la tête aux pieds.

— La quéquette aussi ?

— Oui, Marco, la quéquette aussi.

Le temps passant, le vieux en était arrivé à cette conclusion : le gamin avait beau être déjà un grand costaud, il vivait en permanence à la croisée des chemins. Marco pouvait se débrouiller pour à peu près tout, mais il avait besoin d'un coup de pouce, d'un guide, d'une marche à suivre. De quelqu'un pour lui montrer le chemin et faire en sorte qu'il ne se trompe pas de direction à chaque carrefour.

Il s'assit sur la cuvette et attendit.

Marco sortit, le crâne encore plein de mousse. Penche-toi au-dessus de la baignoire, lui dit-il. Le gamin avait mis le bouchon. L'eau arrivait à un quart de la hauteur. Accroupis-toi, j'y arrive pas, dit Coveiro. Obéissant, le gamin se mit à genoux sur le tapis et inclina la tête par-dessus le rebord de la baignoire. La frange à un ou deux centimètres de l'eau.

Coveiro l'attrapa par la nuque et… comme chaque fois que cette scène se produisait, il se souvint du baptême d'un certain Romy Lisandro. Plus d'une vingtaine d'années auparavant. La même situation : presque autant d'eau, dans laquelle Coveiro plongeait encore et encore la tête du Romy en question. Des bulles s'échappaient comme elles pouvaient à chaque bouffée d'oxygène qui n'arrivait pas jusqu'à ses poumons. Il se souvenait du contrat et du nom du type à baptiser ; en revanche, impossible de se rappeler si c'était dans la capitale ou dans une autre ville. Pourquoi je me rappelle le nom du macchabée mais pas où c'était ? se demandait-il.

Je crois que je me fais vi…

— Tonton, tonton !

Marco n'avait plus de shampoing sur la tête depuis longtemps.

— Quoi ?

— Fais pas couler l'eau pour rien.

Le baptême d'un certain Romy Lisandro

C'était un printemps pluvieux, au milieu des années quatre-vingt-dix. Dans le pays, les choses étaient en train de changer. Du vent, monsieur Felipe González, du vent ! Le linge sale avait désormais l'air tout neuf. Fraîchement lessivé et dignement suspendu à un étendoir derrière la maison. Les placards étaient pleins de cadavres, les fossés aussi. Mais oui, camarade, mais oui. Il s'en passe, des choses ! Du vent, ami andalou, du vent, et emportez ces placards que je ne saurais voir et qui ne vont plus avec la nouvelle peinture. Et qui sentent les morts qui ne sont pas les miens.

Le gouvernement changeait de couleur.

Et revenaient à la mode :

Les cris.

Les rumeurs.

Les manifestations.

Les placards neufs.

Coveiro était arrivé en ville avec des centaines de kilomètres au compteur. Du temps pour réfléchir. Dans les vieilles rues, les mêmes oisifs qu'avant. Le pouvoir change de mains, pas de siège. Les cigognes regagnaient leur nid, les chats se léchaient les couilles sur les corniches et les chiens hurlaient à la lune. Du bout des doigts, un policier posait une contravention sur un pare-brise tout en disant bonjour. À la radio, entre autres chansons, la dernière de Héroes del Silencio. *La bonne étincelle.* « Je ne sais pas distinguer, disaient les paroles, ce qui est simple de ce qui est compliqué. »

Personne ne sait, avait songé Coveiro.

« Et maintenant te voilà sur ma liste des promesses à oublier. »

Sur sa liste à lui, Coveiro avait un certain Romy Lisandro. Quelqu'un qui ne voulait pas filer droit. Un homme honnête, pourrait-on dire, un homme de parole.

Il l'avait surpris dans sa chambre au quatrième étage d'un hôtel de la capitale. Au chômage, à cause du changement de gouvernement. Fonctionnaire d'un ministère, quel qu'il soit, aucune importance. Deux bouteilles vides, un seau à glace plein d'eau tiède et un verre à la main. Il sortait pieds nus de la salle de bains. Sur le dos, rien d'autre que le peignoir blanc au sigle de l'hôtel.

Il s'était pétrifié.

Dans sa chambre, assis devant lui, se trouvait un type dont les mains gantées de cuir noir reposaient sur les accoudoirs du sofa. Les jambes croisées et un pistolet muni d'un silencieux sur la table basse, près de la lampe.

Il avait fait demi-tour pour s'enfermer dans la salle de bains.

Coveiro s'était levé pour frapper à la porte. De l'autre

côté, la voix de Lisandro lui était parvenue étouffée par la menuiserie.

— Allez-vous-en ou j'appelle la police. Je ne plaisante pas, je vais les appeler.

— Un peu de dignité, s'il vous plaît. Vous n'allez appeler personne. Il n'y a pas de téléphone, là-dedans.

— Alors je vais crier. Quelqu'un va bien m'entendre.

Coveiro lui avait expliqué qu'il comptait lui faire le moins de mal possible mais qu'il devait s'assurer que l'ex-fonctionnaire ne se mettrait pas à table.

— Il y a des gens qui s'inquiètent, avait-il ajouté.

— Il y a de quoi, je tiens toujours mes promesses, avait dit Lisandro de l'autre côté de la porte. Des années de corruption et de magouilles. Non seulement tout le monde s'en moque, mais en plus je me fais virer.

— Ceux qui les remplacent ne valent pas bien mieux.

— Qu'est-ce que vous en savez ?

— Je le sais.

— Vous allez me tuer ?

— Seulement si c'est nécessaire. C'est de l'argent que vous voulez, Lisandro ?

— Je veux la justice, et aussi qu'on me rende mon putain de job.

Après quelques secondes de silence, Coveiro s'était approché du bar, il avait allumé la radio et poussé le volume à fond. C'était encore Héroes del Silencio.

« Tout peut brûler avec la bonne étincelle. »

Retour à la porte de la salle de bains.

— Lisandro, vous êtes toujours là ?

— Évidemment ? Où voulez-vous que…

Le coup de pied avait arraché le loquet et un des gonds. Le fonctionnaire s'était pris la porte en pleine figure. Les larmes aux yeux, le peignoir couvert de sang et le nez entre les mains. Je crois que vous me l'avez cassé, avait-il dit.

Quelques minutes plus tard, Coveiro lui plongeait encore et encore la tête dans la baignoire, et Romy Lisandro faisait ce qu'il pouvait pour respirer dans l'eau rose pâle.

En connaître un rayon

Le camion qui transportait la pierre tombale arriva au village bien avant le macchabée. Il prit la montée du cimetière, longea la palissade en klaxonnant et s'arrêta face à la grille principale. Le fossoyeur, les cheveux encore humides, boutonna sa chemise et sortit à sa rencontre. Le conducteur descendit, le salua d'un imperceptible mouvement de tête, manœuvra le monte-charge, mit la pierre sur le diable et la transporta en suivant les indications du vieux.

L'endroit exact était délimité par quatre tiges qui servaient à placer correctement la pierre. Elle s'emboîta parfaitement. Le vieux signa le bon de livraison et le chauffeur, après un « allez, à la prochaine », mit les bouts en poussant son diable vide. Une fois seul, Coveiro arracha les tiges une par une et observa un moment l'inscription gravée : LEONARDO DE MIGUEL, FILS BIEN-AIMÉ, 1975-2019.

Il ne se demanda pas qui était le défunt, il avait appris depuis longtemps à garder ses distances. Pas son affaire. Quelqu'un d'important, avait dit le type de la mairie. C'est du pareil au même, pensa Coveiro. Personne n'échappe au moment fatal, il vient en un claquement de doigts. Devant la maison, il posa les tiges à côté de sa pelle et entra. Le gamin était dans sa chambre. Coveiro rentra les pans de sa chemise dans son pantalon, remonta son col et noua sa cravate. Mets ton veston et attends-moi au salon, dit-il.

Lorsqu'ils sortirent, il restait moins d'une heure avant l'enterrement. Deux voitures de police barraient l'entrée du cimetière. Trois policiers, casquette sur le crâne et l'air sérieux. Un peu en contrebas, une poignée de véhicules garés dans la pente. Le premier, une fourgonnette, portait le logo du Canal 19. Des journalistes fumaient en discutant entre eux. Une blonde en tailleur se lissait les cheveux pour faire des essais face caméra et demandait à tout bout de champ si ça allait. En guise de réponse, le caméraman, un barbu à queue-de-cheval de samurai, levait le pouce.

Une voiture était stationnée en travers de l'allée, de ce côté-ci de la grille du cimetière. Un type, bras croisés, jeta un coup d'œil au vieux et le salua d'un geste de la main. Coveiro alluma un cigarillo avant de le rejoindre. Le type avait posé sa veste sur la portière du conducteur. Son holster, sangles croisées dans le dos, tombait un peu sous son aisselle droite. Dedans, un Beretta avec le canon à la hauteur de sa hanche.

— Pas de journalistes, dit le policier en se tournant vers la route, volonté de la famille.

— C'est une star ?

— Un homme politique.

— Du village ?

— Non, de la ville. Les grands-parents étaient de Balanegra, c'est pour ça qu'on l'enterre ici.

— J'en avais pas vu depuis longtemps, dit Coveiro en

désignant la voiture d'un mouvement de tête. Une Torino 1972, si je ne m'abuse.

— Bien vu, mais c'est le modèle 1975. Une classique, je l'ai eue pour trois fois rien dans une vente aux enchères sous pli fermé, répondit le flic avec un clin d'œil. L'organisateur était un copain, vous savez comment c'est. J'en prends pas trop soin, elle est cabossée, le phare, tout ça, on ne se rend pas bien compte…

Coveiro tira une bouffée de son cigarillo et plissa les yeux. Il n'avait aucune idée de ce que sous-entendait le flic et ne posa pas de questions. Il se contenta de faire oui de la tête.

— C'est la même que Starsky et Hutch. Ceux de la série.

— Connais pas.

— Pas grave…

Avec deux doigts, le flic jeta ce qui restait de sa cigarette et désigna du pouce les policiers derrière lui, à l'entrée du cimetière.

— Vous ne savez vraiment pas qui c'est ? Le mort, je veux dire. Vous ne lisez pas les journaux ? Vous n'avez pas la télévision ?

Le vieux fit non de la tête.

— J'ai beaucoup de choses à rattraper, on dirait. Vous avez de la peinture sur le cou.

— Qu'est-ce que…

— De la peinture blanche.

Le flic passa la main dans son cou. Il se retrouva avec un reste de maquillage de clown de l'avant-veille au bout des doigts. Merde, dit-il. Je peux passer à la salle de bains deux minutes ? Bien sûr.

Marco attendait debout sur le pas de la porte, le regard perdu sur les montagnes au loin. Comment ça va, petit gars ? Le gamin ne répondit pas.

— Pas bavard, le jeune, dit le flic en entrant dans la maison.

— C'est la première à droite.

Lorsqu'il ressortit, il remercia Coveiro et lui donna une carte de visite tout usée. Elle avait les coins cornés et une vieille tache de graisse.

— Je retourne à l'entrée, la famille va bientôt arriver. Quoi que ce soit, demandez à mes hommes. Pas de major qui tienne, tout le monde m'appelle « le Russe », dit-il.

Le vieux rangea la carte de visite et ressortit de la maison. Le gamin était toujours planté là. Coveiro ressassait les questions que ce Russe lui avait posées. Il faut bien admettre que je ne suis plus au fait de certaines choses.

Pour d'autres, en revanche…

Il savait par exemple très bien que c'était un Beretta 9 mm que le flic avait à l'épaule. Quinze cartouches par chargeur. Faible puissance d'arrêt. Balles chemisées. Une arme conçue pour un usage militaire, les policiers l'utilisaient parce qu'elle était bon marché. Il savait aussi qu'il fallait la nettoyer souvent pour qu'elle ne s'enraye pas. Un choc un peu fort suffisait à faire sauter la lunette de visée. Rien qu'à la position de son étui, il pouvait dire que le Russe n'était pas un bon tireur et, à sa façon de se tenir, qu'il préférerait utiliser ses poings plutôt que son arme, le moment venu.

Sur ces choses-là, Coveiro en connaissait un rayon.

Un petit veinard

— Vous savez écrire ?

La question prit Chester au dépourvu. Le couple se trouvait déjà à l'intérieur de l'ascenseur lorsqu'il était monté. La femme, sourire radieux. L'homme concentré sur le panneau qu'il était en train de démonter. Ils sentaient délicieusement bon. Ils avaient une dégaine de réparateurs, en plus soignés. Larges pantalons à poches, boots, casquette. Imprimé à l'arrière de la chemise : LE DUC. SERVICE DE NETTOYAGE EXPRESS.

— Je vous demande pardon ?

— Est-ce que vous savez écrire ? répéta la femme sans se départir de son sourire.

— Bobby, ma chérie, évidemment qu'il sait écrire, dit l'homme sans quitter des yeux les câbles emmêlés. C'est un journaliste.

— Comment vous savez que je suis journaliste ?

Sans répondre, l'homme se gratta le crâne avant de remettre sa casquette en place. Quoi qu'il ait été en train de faire, il s'en désintéressa et appuya sur le bouton d'arrêt d'urgence.

— Putain, qu'est-ce que…

La femme mit le doigt sur ses lèvres.

— Chut ! Pas la peine de parler puisque vous savez écrire.

Et elle le frappa direct à la pomme d'Adam.

Chester s'affala en portant les mains à sa gorge. Il tenta de reprendre son souffle, adossé à une des parois de l'ascenseur. Il donnait des coups de pied au sol. La communication s'établit dans l'interphone.

— Bonjour, dit une voix toute jeune. L'arrêt d'urgence a été déclenché. Quel est le problème ?

— S'il vous plaît, dit Bobby, appelez une ambulance. J'ai dû appuyer sans le vouloir, je suis encore sous le choc. Il y a un monsieur, je ne sais pas ce qu'il a, on dirait qu'il s'étouffe. J'appuie pour descendre, on sera au rez-de-chaussée dans une minute.

Il sortit une pince de sa poche et coupa un ou deux câbles. Le silence reprit ses droits sur l'ascenseur. Rien d'autre que les râles de Chester au sol.

La femme s'accroupit et lui dit d'arrêter de faire l'imbécile.

— Vous en avez pour une ou deux minutes, peut-être trois. Vous voulez rester en vie ?

Chester agita la tête de façon frénétique, compulsive.

— Je suppose que ça veut dire oui.

— Chérie, ça veut toujours dire oui, intervint Bobby. Il est en train de mourir. Qu'est-ce que tu veux qu'il dise d'autre ?

Bobby retira délicatement une des mains de Chester de sa gorge, mit un stylo dedans et s'approcha pour lui demander à l'oreille ce qu'ils voulaient savoir. Qui est ton informateur ? Qui t'a balancé l'histoire de León de Miguel ?

Chester écrivit le nom comme il put.

La femme approuva de la tête, rangea le bout de papier où était inscrit le nom du Russe, elle sourit et reprit le stylo dans la main de Chester. Celui-ci la suivait du regard tout en hoquetant comme un poisson hors de l'eau. Il se sentait de plus en plus faible. Petit à petit, la réalité s'estompa, les couleurs perdirent leur intensité et tout se troubla. Après, l'obscurité totale. Il sentit un coup sur la trachée, un bruit sourd, comme une porte qu'on ferme à l'autre bout de la maison, si loin qu'il pensa que cela n'avait rien à voir avec lui.

Juste avant de perdre connaissance, il sentit l'oxygène revenir dans ses poumons.

Il se réveillerait le lendemain à l'hôpital.

Deux vases pleins de fleurs.

Une infirmière lui dirait qu'il avait eu beaucoup de veine. Un couple lui avait sauvé la vie. Des gens délicieux. Ils ignoraient comment il avait pu se blesser, ils disaient l'avoir trouvé dans cet état dans l'ascenseur. La femme lui avait fait une trachéotomie improvisée. Avec un stylo, c'est fou, non ? Ils avaient envoyé des fleurs et promis de venir lui rendre visite.

— N'essayez pas de parler, c'est encore trop tôt… Et ne pleurez pas, allez, s'il vous plaît. Sinon, je vais verser une larme aussi.

Mieux vaut mourir vite que de tourner autour du pot

Le légiste Garrido fut chargé de s'adresser à la presse. C'était un ami de la famille, un docteur, sans compter qu'il en pinçait pour Rubí de Miguel, bien qu'il fût déjà marié. Alors il ajusta son nœud de cravate en quittant la chambre mortuaire nº 5, traversa le vestibule et se dirigea, une fois passées les portes, vers le parking où un cordon de police retenait les journalistes.

Deux caméras de télévision et le crépitement des appareils photos. Avant même de comprendre, il avait sous le nez une collection de micros de toutes les couleurs. Que pouvez-vous nous dire ? Dans quel état est la famille ? Est-ce qu'ils feront une déclaration ? Est-ce qu'ils vont demander pardon à la famille de la victime ?

Il s'éclaircit la voix, se composa un masque de circonstance, et en avant la musique.

La famille se trouve dans un état de consternation qui bla-bla-bla…

Quelques minutes plus tard, merci, au revoir, il était de retour au funérarium. Vestibule, couloir, chambre mortuaire nº 5. À l'intérieur, le cochon de lait vaquait à ses occupations; il suivait des pistes, reniflait des miettes sous la table centrale, des bouts de cacahouètes rances, restes d'une précédente veillée funèbre, et des traces de merde sèche sous la semelle des chaussures. Rubí de Miguel avait pris une trousse de maquillage dans son sac à main et, penchée sur le cercueil de son fils, tentait sans grand succès de dissimuler l'œil au beurre noir.

Le légiste Garrido retourna s'installer sur le sofa. Il consulta sa montre. Ils avaient un peu moins de vingt minutes. La première question des journalistes lui tournait dans la tête : qu'est-ce que vous pouvez nous dire?

Il sourit.

À demi.

Imaginez leur tête s'il avait balancé tout ce qu'il savait!

Il était resté politiquement correct, il avait suivi le scénario prévu. Mais quand même… bien sûr qu'il aurait pu leur dire toute la vérité. Que la famille de Miguel était une famille pour le moins spéciale. Que la matriarche, la reine des industries Carbac, le principal fournisseur en viande du pays, avait été une mère célibataire. Qu'elle aurait envoyé au diable quiconque aurait eu l'audace de l'interroger sur le père. Ses deux fils étaient des bébés-éprouvette. J'en sais quelque chose, c'est moi qui me suis occupé de tout. Elle voulait que ses enfants portent son nom, pas celui d'un con sous prétexte qu'il visait un peu juste. Garrido aurait pu encore dire aux journalistes que Rubí était une femme à poigne et qu'il valait mieux ne pas mettre le nez dans ses affaires. Il y a beaucoup de place dans un hachoir à viande industriel et on peut faire des saucisses de Francfort avec toutes sortes de restes, je n'en dis pas plus, histoire que personne ne vomisse sur ses chaussures. Et bien sûr… eh bien, il y avait ses rejetons. Garrido aurait pu en faire des tartines, raconter que l'aîné était un sadique et un dépravé, et qu'il avait de la chance de se trouver en ce moment même dans un cercueil. Qu'il valait mieux mourir vite que de tourner autour du pot. Qu'un procès aurait détruit la famille, chose que Rubí de Miguel n'aurait jamais tolérée. Après, il aurait pu leur parler du petit dernier, Double Mickey. Accro à plusieurs drogues, sujet à des troubles psychotiques. Leur raconter, pour commencer, qu'il venait d'essayer de planter un cierge dans le cœur de son frère après l'avoir frappé au visage. Parce qu'il prétendait que le macchabée s'était redressé dans son cercueil et qu'il l'avait regardé. Enfin…

Le portable de Rubí de Miguel sonna dans son sac à main. Un bref « OK » avant de raccrocher. Elle rangea le maquillage, mit son sac à l'épaule et, après avoir rattaché la laisse du porcelet, se planta devant Garrido.

— On peut savoir ce qui te fait rire ?

— Rien, des trucs à moi.

— Eh ben, garde tes trucs pour plus tard. Le corbillard attend devant la porte. En avant.

Quelque chose comme de la nostalgie

Deux policiers retenaient les journalistes derrière le cordon. Maintenir l'ordre ne demandait pas beaucoup d'efforts. Celui des policiers qui avait le plus de bouteille jouait sur son téléphone, l'air insouciant. Le bleu, en revanche, avec sa figure pleine d'acné, paraissait inquiet.

— Est-ce qu'on ne devrait pas s'assurer que…

— Tranquille, c'est la famille de Miguel.

Un ruban en plastique attaché à deux poteaux du parking du funérarium délimitait l'espace. Attention, police. Des stagiaires de différents médias immortalisaient depuis leur enclos le moment où le cercueil monta dans le corbillard et le départ de la procession.

On garde ses distances. Pas de questions.

Le légiste Garrido ne quitta à aucun moment le cercueil des yeux et, comme prévu, s'assura que le couvercle reste ouvert jusqu'au dernier moment pour les journalistes. Ordre formel de Rubí de Miguel. Qu'ils prennent toutes les photos qu'ils veulent, avait-elle dit. Et c'est ce qui se passa. Il fit transporter le cercueil avec le visage de León bien en évidence, avant d'aller s'asseoir sur le siège passager du corbillard.

Rubí de Miguel suivait à l'arrière de sa berline noire aux vitres fumées et Double Mickey, qui venait de revenir, tout de cuir noir vêtu, fermait la marche au guidon de sa vrombissante Triumph.

Le village n'était qu'à vingt minutes. Une fois sur la route, Double Mickey franchit la ligne blanche et passa sur la voie de gauche en wheeling. Il dépassa les deux véhicules sur la roue arrière et, une fois revenu sur la voie de droite, laissa retomber la moto et mit les gaz. En quelques secondes, le conducteur du corbillard ne vit plus de lui qu'un point à l'horizon.

À l'arrière de sa berline, Rubí de Miguel secoua la tête et ordonna au chauffeur de remonter la cloison de séparation. Elle avait besoin de quelques minutes de tranquillité. Le porcelet faisait sa énième sieste de la journée. Sur les genoux de sa maîtresse, ronflements et hoquets intermittents. Elle passa un ongle sur la peau de l'animal. Les lettres et le cœur tatoués sur son dos. De toute évidence, elle n'était pas vernie avec ses enfants, se dit-elle. L'aîné, assassin et violeur de petites filles, direction le cimetière dans une boîte en sapin. Le cadet, un dingue à qui il ne fallait jamais relâcher la bride pour éviter les emmerdes en continu. Le tatouage sur le dos du cochon, c'était son œuvre.

Après tout… ses enfants, c'était comme une mauvaise main, des deux et des trois qu'elle avait su à quel moment jouer jusqu'à présent, on ne l'appelait pas Black Jack pour rien, pas vrai ?

Elle regarda à travers la vitre. Il ne restait de la ville qu'un émiettement de maisons éparses, ateliers, usines, abattoirs, fermes et bars à entraîneuses. Au bout de la plaine et de ses cultures, les montagnes qui ombrageaient le village de ses parents n'avaient pas bougé.

Depuis combien de temps elle n'était pas retournée à Balanegra ?

Vingt ans, peut-être plus.

Quelqu'un qui ne la connaissait pas aurait vu dans son regard quelque chose qui ressemblait à de la nostalgie. En réalité, elle était en train de prier pour un valet et un as. Le choix du cimetière du village où étaient enterrés ses parents n'avait rien de sentimental.

Il fallait suivre à la lettre les plans du Duc.

Un endroit tranquille.

Rien de plus.

Bon voyage, frérot !

Rubí de Miguel scruta les rues du village à travers sa vitre. Elle l'entrouvrit à peine, juste une petite fente. Comme personne ne pouvait la voir, elle s'autorisa un sourire. Dans ses narines, le relent douceâtre des étables, les moissons et le chaume brûlé. Le parfum des longs étés de son enfance passa au-dessus d'elle. Les légers cahots des pavés sous les roues lui firent comprendre qu'ils étaient arrivés au centre du village. La mairie en briques rouges, avec ses linteaux et ses balcons de bois. La place principale avec ses bancs de pierre et ses banderoles. Plus loin, elle chercha le moulin des yeux. Elle eut l'impression que, comme quand elle était petite, elle pourrait sentir l'odeur du pain tout chaud si elle regardait dans sa direction. Mais non. À l'endroit où elle croyait le revoir, il y avait une boutique tenue par des Chinois.

Elle en eut une boule à l'estomac.

Quand le cortège s'engagea dans la montée du cimetière, elle referma la vitre. Les voitures ralentirent pour adopter une allure de procession. Sur le bas-côté, à droite et à gauche, les attendaient des fourgonnettes de presse, de radio et de télévision. Caméras et journalistes armés de micros se bousculaient à l'entrée du cimetière. Une voiture de police manœuvra de façon à libérer le passage et à laisser le cortège franchir la foule. La grille du cimetière se referma derrière eux. Ils contournèrent la maison et stoppèrent derrière la moto de Double Mickey, qui les attendait en fumant, appuyé sur sa selle. Il jeta son mégot, l'écrasa du bout de sa botte et se dirigea vers la berline. Derrière les vitres fumées, Rubí le regardait venir en secouant la tête. Son fils arborait un sourire moqueur, l'air de penser que tout ça n'était qu'une foutue blague. Elle posa le petit cochon à ses pieds. Je reviens tout de suite, petit amour, dit-elle. Elle secoua son pantalon et ouvrit la portière.

— Maman, c'est…

Elle ne le laissa pas finir.

— Pas de maman qui tienne, va dire au Russe de bouger son gros cul pour venir donner un coup de main avec le cercueil. Dis-lui aussi de se mettre à la disposition des Tapia ce soir. Et s'il te plaît, arrête tes conneries. Tiens-toi comme il faut et fais-moi une tête de circonstance. On est à l'enterrement de ton frère.

Le sourire de Double Mickey disparut, il laissa tomber ses bras en serrant les poings et se dirigea vers l'entrée du cimetière, tête basse.

Le légiste Garrido, le chauffeur de la berline, le Russe et le vieux fossoyeur mirent le cercueil sur leurs épaules. Par un hublot ouvert, on pouvait voir le visage de León de Miguel. Depuis l'entrée, les photographes commencèrent à mitrailler. Rubí suivait à une distance prudente, et Double Mickey derrière, les mains dans les poches, en faisant son possible pour ne pas rigoler. Parmi les tombes, les bras croisés sur le ventre, les attendait le curé du village. Ils déposèrent le cercueil sur la plateforme et attachèrent les courroies avant de se placer autour de la fosse. Le curé, après s'être longuement raclé la gorge et avoir présenté ses condoléances, attaqua son sermon.

Il en eut pour un moment. L'AVC datait de deux ans mais il avait laissé des séquelles. Et que le ciel ceci, et que la terre cela, et que Dieu nous jugera le moment venu...

Rubí se mit à penser à autre chose, le défaut de prononciation du curé lui faisait perdre le fil. Ses parents et grands-parents étaient enterrés quelque part par là, elle n'arrivait pas à se rappeler où. Elle jeta un coup d'œil autour d'elle en se creusant la mémoire. Rien. C'était quand, la dernière fois qu'elle était venue ? Le jour de l'enterrement de sa mère, ça faisait... combien ? Vingt ans, déjà ?

Elle revint au sermon du curé.

— ... la terre nous reçoit...

— Mon père, dit-elle.

— Oui, ma fille ?

— Arrêtez votre laïus et cassez-vous.

Le curé regarda les autres. Il sourit, plus tristement d'un côté que de l'autre. Tout le monde avait baissé la tête, sauf le vieux fossoyeur, qui l'observait entre ses paupières ridées, les sourcils froncés. Ne trouvant aucun soutien, le curé desserra le rabat de son col du bout de l'index, balbutia une ou deux phrases, prononça un amen et s'en fut indigné.

— Le Russe, dit Rubí. Raccompagne-le à l'entrée et attends-nous.

Une fois les deux hommes loin de la sépulture, le vieux fossoyeur referma le couvercle du cercueil et passa les cordes dessous. Il fit tourner la manivelle et, quand la bière fut à cinquante centimètres du fond, il demanda aux hommes d'attraper les cordes. Il replia la plateforme et la posa sur le côté avant de laisser le cercueil descendre. Il prit une poignée de terre humide qu'il offrit à Mme de Miguel afin qu'elle soit la première à en jeter dans la tombe.

Rubí fit non de la tête.

— Je ne veux pas lui porter la poisse, faites-le vous-même.

— Comme vous voudrez, répondit le vieux en jetant la terre sur le couvercle.

— Et pendant que j'y suis, je n'arrive pas à me rappeler où est enterrée ma famille…

— Le gamin va vous montrer, répondit le vieux en frottant ses mains pour faire tomber les restes de terre. Marco, occupe-toi de la dame.

Le gamin, qui n'avait pas ouvert la bouche de toute la cérémonie, s'approcha de Rubí.

— Ils s'appellent comment ?

— Ils s'appelaient, petit, ils s'appelaient. Mon grand-père, Rosendo de Miguel…

— 1921-1980, la coupa le gamin. Sept tombes à droite, trois à gauche.

Sans attendre de réponse, il s'y dirigea, le regard dans le vague et la démarche raide.

— Il les connaît toutes ? Chacune des tombes du cimetière ? demanda Rubí.

Coveiro acquiesça en ramassant sa pelle.

— Je vous l'ai dit, il gère.

Rubí haussa les épaules et, suivie du légiste Garrido, elle

emboîta le pas à Marco entre les tombes. Tout avait l'air de marcher comme sur des roulettes. Elle eut l'impression que ses prières avaient été entendues, la main était bonne et, tant bien que mal, tout se passait comme prévu.

Alors, avec le soleil qui descendait derrière les montagnes, le vent qui agitait les brins d'herbe et le parfum doucereux que dégageait le légiste, elle comprit à quel point une mère peut se sentir bien lorsqu'elle vient d'enterrer son fils.

Merci, mon p'tit Dieu.

Les chauffeurs repartirent vers leurs véhicules respectifs et Double Mickey, qui ne savait pas quoi faire, décida de rejoindre sa mère et Garrido.

Il s'arrêta une seconde, dévisagea Coveiro, lui fit un doigt d'honneur et cracha dans la fosse en passant.

— Bon voyage, frérot! dit-il.

Le coup de l'étrier

Rubí s'était dit que ce serait une bonne idée qu'ils prennent un dernier verre ensemble. Juste avant de quitter le cimetière, elle demanda donc à Garrido de passer chez elle une fois qu'il aurait récupéré sa voiture au funérarium. Viens à la maison boire un coup, j'en ai bien besoin, c'est pas tous les jours qu'on enterre son fils. Sourire enjôleur du légiste en s'approchant du corbillard. Bien sûr, pourquoi pas ?

À l'intérieur de la berline blindée, on n'entendait pas le bruit des roues sur la route, la cloison de séparation était remontée, pas de musique. Seuls les légers ronflements du cochon de lait aux pieds de Rubí troublaient le silence. Elle avait retiré ses chaussures et la plante de ses pieds reposait sur la moquette. Les ongles rouge sombre.

Rubí s'installa confortablement, ferma les yeux et laissa les souvenirs refaire surface. Des flashs. Un jour ici, l'autre là. Les yeux secs, elle n'était pas du genre à larmoyer facilement. Pour elle qui n'en avait aucun, Garrido était ce qui s'approchait le plus de l'idée qu'on se fait d'un ami, et pourtant elle avait laissé le Duc le mettre sur sa liste le matin même. Après un bonneteau, il faut faire le ménage, voilà ce que Dudas Franco avait dit. Pas possible de chier et de sentir bon en même temps.

Dans leur jeunesse, ils faisaient la fête ensemble. Des confidences, des cuites et des escapades aux lacs de barrage le week-end. C'était avant la vie active, avant que Garrido soit nommé légiste et que Rubí reprenne l'entreprise familiale.

Plus jeune, Garrido adorait les courses de voitures. Regarde ce que je me suis acheté. Monte. Une fois, au retour, il avait essayé de l'embrasser dans une Supermirafiori. Elle avait esquivé ses lèvres et l'avait pris dans ses bras. Sa bouche tout près de l'oreille de Garrido.

— Ne gâchons pas tout, avait-elle murmuré. S'il te plaît, ne gâchons pas tout.

— Excuse-moi, je…

Le chauffeur baissa la cloison.

Nous arrivons dans cinq minutes.

Cloison remontée.

Rubí ouvrit les yeux, se redressa sur son siège et remit ses chaussures. Encore deux virages dans les faubourgs de la ville et la voie d'accès en pente jusqu'à la grande grille de fer forgé. Pas de guérite, seulement deux caméras de sécurité. Le portail s'ouvrit. Deux derniers virages et le chauffeur se gara sous un abri en briques recouvert de tuiles, à côté de la moto de Double Mickey. Il descendit, boutonna son veston et ouvrit la portière à Rubí. Celle-ci sortit à son tour, posa le petit cochon par terre pour qu'il gambade en toute liberté dans le jardin et se dirigea vers le porche de la maison.

Le chauffeur, la main sur la visière de sa casquette, salua d'un « bonne soirée, madame ». Au seuil de la demeure attendait une femme en tailleur croisé jupe, avec des lunettes d'écaille et un chignon haut qui pointait vers le crépuscule. Dans sa main, un porte-formulaires à pince et une poignée de documents.

— Quoi de neuf, Lilia ?

Une fois à l'intérieur, elles traversèrent le vestibule et longèrent le couloir en discutant.

— J'ai annulé toutes vos réunions, les Italiens ont dit qu'ils comprenaient, étant donné les circonstances, et les Allemands ne se sont pas plaints mais ils n'avaient pas l'air très contents.

— Qu'ils aillent se faire foutre. Quoi d'autre ?

— Pas grand-chose. La nouvelle gamme de charcuterie a été approuvée, le directoire n'attend que votre signature.

— Montrez-moi ça.

Elle s'arrêta, Lilia lui passa le dossier et un stylo. Rubí de Miguel feuilleta les documents, hocha la tête et signa.

— Tu peux y aller. Demain est un autre jour.

Elle n'était pas assise depuis cinq minutes dans le fauteuil en rotin près de la piscine lorsque Garrido arriva, une bouteille de Moët & Chandon et deux coupes à la main. J'ai dit en cuisine que je m'occupais de tout.

Ils discutèrent de tout ce qui venait de se passer, la veillée funèbre, l'enterrement, et de ce qui les attendait maintenant.

— Ne t'en fais pas, répéta Garrido, tout va bien se passer.

— Je ne m'en fais pas.

Quoi qu'en dise le sourire éteint de Rubí, c'était la vérité. Puis la discussion prit un tour plus léger, ils évoquèrent des souvenirs de jeunesse.

Au bout d'un moment, une fois la bouteille vide, Garrido annonça qu'il devait rentrer. Il n'avait pas donné de nouvelles à sa femme de toute la journée, elle devait s'inquiéter.

— Tu as l'air bizarre. Tu es sûre que tout va bien ?

Rubí ne répondit pas, elle se leva et l'embrassa sur la bouche. Ils restèrent quelques secondes les yeux dans les yeux.

— Désolée, dit Rubí, je n'aurais pas dû…

Garrido sourit.

— Ne t'en fais pas, dit-il pour dédramatiser. La journée a été difficile nerveusement, c'est tout. On en reparle demain.

— Oui, d'accord. On en reparle demain.

Même si Garrido avait cherché à en relativiser l'importance, il repensa à ce baiser tout au long du chemin. Il conduisait les yeux dans le vague, un sourire béat aux lèvres. Il n'avait pas remarqué la fourgonnette – LE DUC. SERVICE DE NETTOYAGE EXPRESS – qui lui filait le train depuis qu'il avait quitté la propriété de Rubí de Miguel.

Le général González Galán se souvient

Une maison de retraite. Fin février 2005.

Est-ce que ça en valait la peine ? C'est l'éternelle question… Celle que nous finissons tous par nous poser à un moment ou à un autre, je suppose. Je parle des décisions qu'on est amené à prendre, naturellement. Est-ce qu'elles influencent notre destin ? Est-ce qu'elles nous font dévier de notre chemin ? Et cette question plus cruciale encore : est-ce qu'elles ont des conséquences pour autrui ?

Je divague, excusez-moi, c'est l'âge. Vous m'interrogez sur Coveiro mais, pour être honnête, je ne sais pas très bien quoi vous répondre. Non, monsieur, pas très bien. Est-ce que j'ai appris la nouvelle ? Bien sûr. C'est une maison de retraite très bien, nous avons suivi l'incendie du Windsor à la télé. Le lendemain, j'ai parcouru le journal. Lire le nom de Coveiro m'a pas mal fait réfléchir. Moi, je le connaissais sous une autre identité, mais c'était bien lui, aucun doute là-dessus.

Vous voulez bien tirer un peu les rideaux ?

Merci.

C'est une bonne histoire, c'est certain ; franchement, je

crois pouvoir affirmer sans exagérer que j'ai dû la raconter plus d'une centaine de fois. Maintenant qu'il est mort, je me dis qu'il n'y avait peut-être pas de quoi rire. Allez savoir…

Quoi qu'il en soit, quand on m'a annoncé ce matin que j'avais une visite, je me suis demandé qui ça pouvait être. Personne n'est venu me voir depuis au moins deux ans. Mais je préfère encore ça plutôt que de me dire que j'oublie les visites au fur et à mesure. C'est pas votre avis ? Toujours est-il qu'il y a un policier de la capitale qui est venu me voir, rien que ça. Deux semaines après l'incendie, pour discuter d'un certain Coveiro, sur lequel ils n'avaient pas la moindre information, à ce que j'ai compris. Rien dans aucun registre : infractions routières, état civil, rien, à part un vieux procès-verbal du tribunal militaire où apparaissait mon nom. Je sais pas, c'était sans doute son jour de chance, qu'est-ce que vous voulez que je vous dise ? J'ai eu des centaines de personnes sous mes ordres tout au long de ma carrière. Évidemment, je ne me souviens pas de tout le monde. Pour être honnête avec vous, je ne me souviens pas non plus de ce que j'ai mangé à midi. Mais je me souviens du Coveiro en question. Je me souviens de ce qu'il a fait pour finir devant un tribunal militaire. Ce qu'il est devenu après ça ? Aucune idée. Mais, comme je vous disais, votre histoire me donne à réfléchir.

J'ai rendu mon jugement et je l'ai condamné en sachant parfaitement qu'il était dans son bon droit. Il devait avoir dix-huit ou dix-neuf ans. Et voilà qu'on retrouve son corps calciné des années plus tard dans les décombres du Windsor, rien que ça. Je ne sais pas ce que vous en pensez, mais peut-être que je l'ai fait dévier de son chemin, ce jour-là. Un accident de parcours, pour ainsi dire.

Une seconde, c'est l'heure de mes médicaments.

Vous voulez bien me passer l'eau ?

Voilà, ça va déjà beaucoup mieux.

Où j'en étais ? Ah oui, Coveiro. Est-ce que je vous ai dit que, des fois, dans l'obscurité, je revois des noms, des visages, des lieux ? Un truc de vieux, je suppose. Laissez tomber. Coveiro… Si on met de côté la durée du procès, il n'est resté sous mes ordres qu'une semaine. Son engagement dans l'armée, son renvoi et son incarcération à la prison militaire, ça peut se résumer à neuf mois de classes à la caserne Santa Bárbara, une semaine dans la troisième compagnie et six mois à l'ombre. J'ai eu accès à son dossier, pour le procès, vous comprenez. Pas grand-chose à apprendre, aucun trouble psychologique qui aurait pu constituer des circonstances atténuantes. Il a fait ses classes sans problème. Son sergent instructeur m'a dit qu'il avait des dispositions au-dessus de la moyenne : aptitudes physiques, armes à feu, tactique, apprentissage, ce genre de choses. Côté discipline, eh bien, pas grand-chose à dire non plus, à part une ou deux altercations qui ont rendu ses camarades prudents. Il avait la réputation d'un type calme et réservé, mais qu'il ne fallait pas trop chercher.

Il a été affecté au deuxième bataillon de la troisième compagnie, je crois que je vous l'ai dit. Oui ? C'est pas grave. Là où je voulais en venir, c'est que l'incident s'est produit le sixième jour. À l'époque, on fermait les yeux sur le bizutage. Rien de grave n'était jamais arrivé et, aussi étonnant que ça puisse paraître, la discipline ne s'en portait que mieux. Cela donnait plus de valeur à l'ancienneté, d'une certaine façon. C'est tombé sur Coveiro la deuxième nuit.

Franchement, je vous dis, rien de bien méchant. Ils l'ont foutu à poil et attaché à son lit de camp avant de traîner le tout dehors, dans la cour.

J'ai interrogé certains de ces gamins, vous savez. Absolument, c'est ce que j'ai fait. Ils m'ont dit qu'il ne s'était même pas débattu, qu'il n'avait pas dit un seul mot, qu'il s'était contenté de les regarder faire. Ils l'ont libéré au petit matin, juste avant le clairon. Il a fallu le réveiller. Il les a dévisagés à nouveau, droit dans les yeux, et s'est levé calmement en abandonnant son lit de camp sur place. N'allez pas croire qu'il est parti en courant pour que personne ne le voie en tenue d'Adam, pas du tout : il paraît qu'il a regagné tout tranquillement son dortoir.

Combien de quoi ?

Ah, de soldats. Eh ben, quatre dortoirs de six lits, je vous laisse faire le compte. Vingt-quatre hommes par bataillon. Tous n'ont pas participé, bien sûr. Huit ou dix, parmi les anciens. Mais Coveiro, lui, il s'en foutait. Le sixième jour, à l'appel, formez les rangs. Face au sergent, au garde-à-vous, il n'y avait personne à part Coveiro.

Le reste du bataillon, les vingt-trois autres, envolés. Et le reste ? Tes camarades ? À l'intérieur, il répond. Vous n'allez pas me croire, il s'était occupé de chacun d'entre eux, un par un, pendant la nuit.

Mais non, il ne les avait pas tués. Pourquoi vous me demandez ça ? Allons donc, il leur avait attaché les chevilles et les poignets pendant leur sommeil, les avait bâillonnés avec du scotch et leur avait couvert la tête avec leur taie d'oreiller. Les vingt-trois. Comme je vous dis. Un par un.

Les plus anciens, ceux qui l'avaient bizuté, il les avait assis dans le couloir et leur avait pété le nez à coups de crosse.

Vous imaginez la scène ?

C'est moi qui ai instruit le procès. Il a affirmé qu'ils méritaient ce qui leur était arrivé, voilà tout, et entre vous et moi, il n'avait pas tort. Mais je l'ai quand même déclaré coupable, qu'est-ce que je pouvais faire d'autre ? Renvoi de l'armée et six mois à la prison militaire.

Peut-être que j'ai changé le cours de son destin, je ne sais pas…

C'est bizarre, la cervelle, je me souviens parfaitement de choses qui se sont passées il y a plus de vingt ans, mais… vous êtes qui, déjà ?

Vous croyez aux fantômes ?

Vous croyez que…

Excusez-moi, je crois que je me suis assoupi.

Il y a quelqu'un ?

Passage en revue

En ramenant la vie humaine à une seule année, on aurait pu dire que Coveiro approchait déjà de l'hiver. Les feuilles qui tombent, c'étaient les dents ; les oiseaux qui se font la malle direction le sud, c'était la tension, le sucre, deux reins aussi secs que des figues de Barbarie et une prostate grosse comme un chargeur bourré de balles à blanc.

Voilà où il en était.

Coveiro, cet arbre sec en haut d'une colline pelée.

Les premiers temps, il refusait de prendre ses médicaments. Finalement, il avait capitulé. Les cachets prescrits, matin et soir. Enfin, pas exactement. Un seul comprimé par boîte et par jour. Avant d'aller se coucher. Sur l'étagère de la salle de bains, les tubes de médicaments s'alignaient, comme les soldats d'une bataille perdue d'avance. Il en mettait un de chaque dans la paume de sa main, sans s'abaisser à apprendre les noms. Des étiquettes au stylo soigneusement collées. Il remplissait un verre en plastique et au fond du gosier !

Une forme de pénitence.

Sucre, tension, prostate et reins.

Amen.

Extinction des feux.

Une journée sacrément longue, se dit-il. Une fois l'enterrement terminé et l'étrange famille endeuillée repartie en ville, il avait fallu finir de combler la fosse et poser la pierre tombale. Se doucher et dîner. Soupe en sachet, un bout de fromage et au lit.

— En caleçon ?

— Oui, mais enlève ta ceinture à outils. Voilà, c'est mieux.

— Tonton…

— Quoi ?

— Tu me racontes une de tes histoires ?

Coveiro se massa les tempes, poussa un soupir, s'assit au bord du lit et, le dos tourné à Marco, le regard perdu dans l'obscurité par-delà la fenêtre, commença :

— Je t'ai déjà parlé du Windsor ?

Marco fit non de la tête.

— C'était un des bâtiments les plus emblématiques de la capitale. Imagine, cent et quelques mètres de haut. Trente-six étages. Bon, eh bien, un jour, voilà que je décide d'arrêter de travailler. En ce temps-là, j'avais un boulot qu'on ne quitte pas du jour au lendemain. Alors, j'ai profité d'un dernier contrat pour mettre le feu au Windsor et le lendemain matin… Devine quoi ? On m'a retrouvé mort…

— Tonton.

— Quoi ?

— J'aime pas cette histoire.

— Moi non plus, Marco, moi non plus. Tu es allé faire pipi avant de te coucher ?

— Oui.

— Tu as soif ?

— Tu m'as apporté à boire ?

Le vieux fossoyeur se leva.

— Non, pourquoi ? Je voulais seulement savoir si tu avais soif.

Il attendit que Marco y réfléchisse quelques instants, les sourcils froncés.

— À demain.

— À demain.

Il éteignit la lumière et laissa la porte entrouverte en sortant. Il resta un bon moment appuyé au chambranle, à écouter son neveu murmurer :

— Fermín Rodríguez 1927-1975, Adelaida Páez 1962-1999, Román Guzmán 1942-2006, Jesús Márquez 1954-2001, Rosa María Galán 1937-2010…

Marco allait passer en revue tous les noms et toutes les dates du cimetière comme ça, de mémoire. Pour Marco, les nuits qui suivaient un enterrement étaient toujours difficiles.

Je te joue un billet de cinquante

Je veux que tu te tiennes à carreau, c'est compris ? Voilà ce que disait Double Mickey au cochon de lait. Il le portait contre sa poitrine. La fermeture éclair remontée pour retenir le corps de l'animal à l'intérieur de la veste en cuir. J'ai pas de casque à ta taille, alors ferme-la et reste tranquille jusqu'à ce qu'on arrive. Tu vas bien t'amuser, Cochonnerie, tu vas voir.

Et c'est comme ça qu'il quitta la propriété familiale et prit la route. Double Mickey juché sur sa moto, avec la tête du petit cochon qui dépassait de sa veste, langue pendante d'un côté du groin, les joues au vent.

La *Sala Rociera* se trouvait à la sortie de la ville, à l'autre bout. Il décida d'éviter le centre. Il fit un détour pour prendre la rocade jusqu'au périphérique nord, puis direction la voie ferrée. Après, il récupéra la départementale 101. Des zones industrielles, des enclos, un bar à entraîneuses et plus rien. Rien que l'obscurité déchirée par les phares de la moto. Un ou deux kilomètres plus loin, un chemin en terre. Fixée à un poteau, une planche en forme de flèche sur laquelle on lisait : SALA ROCIERA. À sa pointe pendait à un clou rouillé quelque chose qui ressemblait à une vieille queue de renard crasseuse.

Cinq minutes après le panneau, tout autre qu'un habitué se serait cru perdu ou aurait pensé avoir raté le croisement. En réalité, il fallait continuer sur deux kilomètres, après quoi le chemin descendait à pic la colline, et c'est là, au beau milieu du lit asséché d'une ancienne rivière, qu'on finissait par distinguer les lumières du cabaret flamenco. Et encore, les lumières de fête, c'était seulement le week-end, quand l'endroit était ouvert. Mais on était en semaine, alors tout était plongé dans le noir. Juste la lueur jaunâtre d'une ou deux fenêtres, pas plus.

Sur le terre-plein, il n'y avait qu'un break et un coupé deux portes tuné. Double Mickey gara la moto entre les deux, coupa le contact et mit la béquille d'un coup de talon. Il suspendit son casque au guidon, descendit la fermeture éclair de son blouson et attacha au harnais du cochon la laisse qu'il avait sortie de sa poche. Il traîna la pauvre bête qui le suivait de son trot porcin jusqu'au milieu du parking, où il s'arrêta.

— Connard d'Indien, t'es où ? Montre-toi !

Double Mickey scruta l'obscurité autour de lui. Rien. Il savait que l'Indien devait rôder quelque part dans le noir, vu que le break décoloré et couvert de poussière lui appartenait. Il écarta encore un peu plus ses jambes naturellement arquées et mit les mains sur les hanches. Il essayait de se la jouer cow-boy dans un duel de western.

— Je te défie ! Tu m'entends, connard d'Indien ? Je te joue un billet de cinquante !

Rien.

Il continua à scruter la nuit, derrière les voitures, aux coins sombres du bâtiment. Pas la moindre trace. À sa droite, quelque chose se fit entendre au milieu des arbres. Il pivota dans la direction du bruit et plissa les yeux. Une seconde ou deux.

Rien.

Lorsqu'il détourna la tête, il sentit l'étui d'une machette contre sa gorge.

— Vous avez perdu, patron, dit une voix derrière lui.

— Connard d'Indien, comment tu fais ça ?

Le Bolivien trapu, qui ne répondait pas seulement au nom de « connard d'Indien » mais aussi à celui de Tato Morales, repassa machette et étui dans sa ceinture, dans son dos, et alluma une cigarette.

— C'est mon boulot, c'est pour ça que vous me payez. Vous en voulez une ? demanda-t-il en tendant son paquet.

— Non.

— Vous avez encore amené le cochon. La patronne va pas apprécier.

— Il y a qui, ce soir ?

— Juste un de vos potes, dit Morales en désignant le coupé tuné.

Double Mickey tira sur la laisse et prit son portefeuille dans la poche arrière de son pantalon. Il allait en sortir un billet de cinquante lorsqu'il releva la tête.

L'autre avait disparu.

— Connard d'Indien ! Je te dois cinquante balles !

— Vous ne me devez rien, patron. Buvez-en une à ma santé.

La voix venait de derrière les arbres. Double Mickey crut

apercevoir le bout incandescent de la cigarette. Mais pas sûr. Putain, il est fort, très fort, se dit-il à voix basse. Il rangea son portefeuille, traversa le reste du parking en terre battue et entra dans la *Sala Rociera*.

Les autres n'allaient pas tarder.

Soirée poker.

La paix des ménages

Le lotissement était perché à flanc de colline. Pour les services postaux, c'était Los Claveles, mais les habitants et les gens du coin l'appelaient la « Pyramide ». Dès les premières rues, les prix au mètre carré devenaient prohibitifs, et ils explosaient au fur et à mesure qu'on montait. Davantage d'espace, architecture extravagante et meilleure qualité de vie. Et que dire de la vue ? Imprenable !

La route serpentait jusqu'au sommet de la colline et finissait à un rond-point sans issue. Le distrait qui arrivait jusqu'en haut n'avait plus qu'à faire demi-tour, rebrousser chemin fissa et repartir par où il était venu avant que quelqu'un n'appelle la police. Une fois, lors d'une des fêtes de voisinage organisées au club-house, le sujet avait été abordé et quelqu'un avait résumé l'opinion générale :

— Voyons, messieurs, ce n'est pas un problème de classe sociale. Leurs moyens de transport rudimentaires, je m'en moque. Sérieusement. Mais nous sommes des gens disciplinés, voilà tout. Moi, je ne vais pas rôder en Jaguar dans leurs rues sales, pas vrai ?

Rires.

Les Bobby n'eurent pas de problème. À la Pyramide, on tolérait comme un mal nécessaire les camionnettes professionnelles. Après tout, il fallait bien que quelqu'un s'occupe de la maintenance, d'installer les écrans de télé incurvés et de tailler les haies.

La maison du légiste Garrido était un cube situé, tout au plus, à mi-hauteur de la colline. Une impasse sur la droite. Des dalles de marbre recouvraient les blocs de béton. Deux balcons en surplomb et un vaste jardin devant la maison. Une allée d'ormes montait du portail vers la porte d'entrée. Un peu de lumière sortait des fenêtres du rez-de-chaussée. Dans les étages, c'était l'obscurité.

Ils garèrent leur fourgonnette près du portail et gravirent l'allée à pied. Service de nettoyage express, voilà ce qu'ils dirent devant la caméra de l'interphone.

L'épouse de Garrido portait un masque au concombre et un peignoir kimono. Une seconde, répondit-elle. Et elle demanda à son mari qui venait d'entrer dans la pièce :

— Chaton, c'est toi qui as appelé le service de nettoyage?

— Non, pourquoi?

— Ils sont dehors.

Elle reprit l'interphone.

— Désolée, vous avez dû vous tromper.

Bobby fit comme s'il consultait des papiers sur une planchette à pince.

— Voyons voir, c'est une certaine… oui, c'est ça, Rubí de Miguel qui nous envoie.

— Une seconde.

Elle lâcha le bouton et cria à son mari qui farfouillait dans la cuisine :

— Chaton, ils disent qu'ils viennent de la part de Rubí.

— Fallait le dire avant ! Fais-les entrer et voyons ce qu'ils veulent !

Une vingtaine de minutes plus tard environ, le légiste Garrido et sa femme étaient pieds et poings liés au milieu du salon, assis sur des chaises en bois faites main et élégamment patinées à la laque couleur os. Un bout de scotch sur la bouche. Quant aux Bobby, ils se disputaient sur la marche à suivre.

— Un bonhomme, je ne trouve pas que ce soit très approprié, ma chérie.

Bobby croisa les bras en faisant la moue, les yeux braqués sur son mari.

— On en a déjà parlé, continua celui-ci. Le bonhomme, c'est quand il y a une arme à feu dans la maison. Pas d'arme à feu, pas de bonhomme. C'est tout.

— Ah oui, c'est tout ?

— Sois raisonnable, Bobby. Le faire sans arme à feu, c'est dégoûtant. Il va y avoir du sang partout.

Les Garrido suivaient la conversation comme on assiste à un match de tennis. Sans les cordes, les bâillons et la flaque de pisse à leurs pieds, ils auraient trouvé le spectacle curieux, voire divertissant.

— Tu n'en fais toujours qu'à ta tête !

— Attends, quel rapport ?

— Je t'ai dit : pas de barbecue dans le jardin. Mais toi… Vas-y que j'invite les voisins et vas-y que je me refais Ibiza dans la piscine !

— Ça n'a rien à voir ! Ne mélange pas tout. Là, c'est pour le travail.

— Bien sûr que ça a à voir. Ça a même tout à voir !

— Écoute, mon amour…

— Bobby, n'essaie pas de me la faire.

— Je te comprends pas, franchement, je te comprends pas. Qu'est-ce que ça peut bien te faire ? On peut faire une persienne, une couverture suisse, même un Roméo et Juliette. Ce serait bien, un Roméo et Juliette, tu ne trouves pas ? Les deux morts l'un à côté de l'autre.

— Il faut toujours que tu aies le dernier mot, à ce que je vois.

— Bobby, ma chérie, on peut savoir de quoi tu parles ?

— Tu vois ? Je viens de te l'expliquer à l'instant. Tu ne m'écoutes jamais !

Ils se dévisagèrent longuement. En fond sonore, les hoquets et les sanglots de l'épouse de Garrido. Les larmes se mélangeaient au masque au concombre en une bouillie blanchâtre.

C'est la femme de ménage philippine qui découvrit leurs cadavres deux jours plus tard. L'en-tête du procès-verbal dirait : violences conjugales. Et en dessous, entre autres détails : femme adulte, la cinquantaine, morte par arme blanche, trouvée dans son lit, chambre nuptiale, draps défaits, taches, traînées et éclaboussures de sang, pâte blanche sur le visage, possible masque cosmétique. Corps du mari de la victime dans le garage, cause apparente de la mort : suicide, couteau de cuisine de 23 cm trouvé à ses pieds, possible arme du crime, en attente de confirmation du labo.

La presse et la télévision parlèrent d'une nouvelle affaire de violence domestique. Les voisins, en direct dans la matinale, à l'appel des caméras, n'en revenaient pas. Il avait l'air d'un monsieur tellement bien éduqué et tellement poli, dit une voisine. C'est comme ça, on ne peut jamais savoir, dit une autre.

En fin de compte, pas de persienne, de couverture suisse ni de Roméo et Juliette.

Un bonhomme, et la paix des ménages.

Un bien piètre fantôme

Comme souvent, Coveiro rêvait d'un voyage au bord de la mer. C'était un rêve récurrent à la fin duquel Richi et lui ne parvenaient jamais à jeter les cendres dans l'eau. Ils traversaient tout le pays dans une Simca 1000 blanche. Les bas-côtés couverts de végétation touffue, le bras à l'extérieur et l'air par les vitres ouvertes qui emportait la fumée de leurs cigarettes. Leur père était mort deux ans avant leur mère. Son esprit était déjà ailleurs, le diabète l'avait rendu presque aveugle. Pour leur mère, cela avait été un soulagement. S'il avait tenu six mois de plus, il aurait fallu l'amputer des deux pieds. Elle avait gardé ses cendres dans une urne, en haut de l'armoire du salon. Elle s'asseyait devant et parlait toute seule. D'après Richi, elle disait qu'ils auraient dû travailler moins et profiter un peu plus de la vie, ce genre de choses. Elle s'en était allée deux ans après, tranquillement, dans son lit. À en croire Richi, elle lui avait dit : bonne nuit, je suis trop fatiguée pour continuer à chercher des souvenirs qui n'ont pas existé, elle l'avait embrassé sur le front et était montée se coucher.

Une semaine plus tard, les deux frères partaient au bord

de la mer. Tous les deux à l'avant, et les urnes dans un carton de cartouches de cigarettes vide sur la banquette arrière. Ils riaient, papotaient et évoquaient des souvenirs d'enfance. Jamais ils n'atteignaient la côte. Jamais.

Le rêve se résumait au voyage.

Coveiro s'éveilla, comme toujours, en douceur. Sa putain de vessie. Il jeta un coup d'œil au réveil sur la table de chevet, presque deux heures moins le quart. La lumière jaunâtre du couloir léchait le bas de la porte de sa chambre. Les escapades nocturnes du gamin se produisaient toujours les soirs d'enterrement.

Qu'est-ce qui pouvait bien se passer dans la tête de son neveu ?

Aucune idée. Il le revoyait en train de suivre du doigt les joints du carrelage de la salle de bains. Qu'est-ce que tu fais ? Je cherche la sortie du labyrinthe. C'était probablement à l'intérieur de sa tête qu'il était perdu.

Coveiro enfila un jean usé jusqu'à la corde et bas du cul, passa une chemise sans la boutonner et chaussa ses bottes. Il soulagea sa vessie aux toilettes, un peu d'eau sur le visage pour se réveiller, un coup d'œil au miroir avant d'aller chercher le gamin. Il se trouva terriblement vieux et fatigué.

Marco faisait un bien piètre fantôme pour déambuler à travers le cimetière au beau milieu de la nuit. Même à la maison, il avait peur de l'obscurité et allumait toutes les lumières sur son passage. Coveiro les éteignit l'une après l'autre. Il sortit par la porte de derrière et contourna la clôture du cimetière. En fond sonore, les grillons qui frottaient leurs pattes et des coassements de grenouilles, ici ou là. Dans le ciel, la pleine lune entourée d'un cerne comme l'œil d'un insomniaque. Le froid était tombé. En chemin, entre le mur et un fossé d'irrigation presque à sec, Coveiro boutonna sa chemise jusqu'en haut. Comme on verrouillait la grille du cimetière la nuit, Marco entrait par une fissure entre le mur d'enceinte et le columbarium.

Coveiro s'attendait à le trouver, comme d'habitude après un enterrement, devant la nouvelle tombe, à se balancer d'avant en arrière. Il serait pieds nus, en caleçon, avec sa ceinture à outils, comme toujours. Il adorait cette ceinture. Elle avait appartenu à son père et, depuis le jour où Coveiro l'avait trouvée dans la remise et la lui avait donnée garnie d'un marteau, d'un tournevis et de pinces, Marco ne la quittait plus.

C'est pourquoi, en voyant cette ceinture par terre près de la tombe de feu Leonardo de Miguel, Coveiro comprit que quelque chose clochait. Il se pencha pour la récupérer, bien décidé à passer un savon au gamin, et c'est alors qu'il vit les traces de pas dans la terre humide. Des empreintes striées de bottes de travail, peut-être de bottes militaires. Elles partaient en direction de l'entrée du cimetière.

Qu'est-ce que c'est que ce bordel ?

Dans le vent qui soufflait en provenance du village, il entendit les cloches de l'église sonner deux heures du matin. Et en sourdine, comme un bruit de fond, les gonds de la grille qui grinçaient.

Il s'accroupit pour se faire tout petit et rejoignit la route en coupant tout droit entre les tombes sous l'ombre allongée des cyprès. De sa position, à la faible lumière d'un réverbère solitaire, il parvint à distinguer deux silhouettes. L'une portait sur l'épaule le corps de son neveu et le balança sans ménagement sur la banquette arrière d'un pick-up noir. Les deux types montèrent à l'avant et partirent dans le silence le plus complet, laissant le véhicule descendre la pente en roue libre. Coveiro se colla contre le mur et gagna l'entrée du cimetière à petits bonds, en s'efforçant de faire le moins de bruit possible. Il lui fallait absolument distinguer le numéro d'immatriculation.

Inutile.

Une autre voiture venait de quitter le bas-côté pour suivre le pick-up, tous phares éteints. Coveiro n'eut pas besoin d'apercevoir le conducteur pour savoir de qui il s'agissait.

L'aile cabossée, un phare cassé.

Une Torino 1975.

Le Russe, murmura Coveiro.

Le calme après la tempête

Encore une, champion, tu peux le faire!

Il se donnait du courage.

Je descends et je remonte à moitié, je descends et je remonte à fond.

Devant le miroir de la salle de bains, une serviette autour de la taille et les mains sur le rebord du lavabo, le Duc finissait sa série de flexions. À côté de sa brosse à dents et des savons de l'hôtel, son dentier souriait dans un verre.

Quatre-vingt-dix-huit, quatre-vingt-dix-neuf, cent. La prononciation était légèrement différente parce qu'il lui manquait ses dents, mais l'idée y était. Étirements, bras et jambes, rotations du cou, et la serviette qui glisse par terre. Il s'examina un moment, caressa la peau douce et lisse d'une vieille cicatrice de blessure par balle à l'épaule et entra sous la douche.

À deux heures du matin passées, Dudas Franco quitta l'hôtel, un porte-documents sous le bras, et se dirigea vers une fourgonnette de l'autre côté du parking. Il portait des chaussures bateau, un pantalon chino avec la chemise rentrée, les deux derniers boutons ouverts. Selon lui, une tenue confortable, pratique, et en même temps élégante. Il n'aurait plus manqué qu'il sifflote doucement pour compléter le tableau, mais il avait oublié d'emporter de la colle dentaire dans sa valise, mieux valait ne pas prendre de risques. Une lune qui avait l'air d'avoir la jaunisse baignait à la fois l'asphalte, ses dents découvertes et les chromes de la fourgonnette.

La porte coulissante s'ouvrit quelques secondes avant son arrivée. Une femme en descendit d'un bond et attendit que le Duc soit installé pour remonter s'asseoir à ses côtés.

— Salut, Bobby.

— Boss.

— Bobby.

— Boss.

Ils refermèrent et Bobby, après avoir mis sa ceinture, démarra et manœuvra pour rejoindre la route. De son porte-documents, Dudas Franco sortit son carnet.

— Racontez-moi tout.

Les Bobby lui firent un résumé.

— Nous sommes allés voir le Chester en question. La conversation a eu lieu dans un ascenseur, il nous a aimablement donné un nom. Apparemment, c'est un major de police surnommé le Russe qui l'a rencardé sur León de Miguel.

— Il est déjà sur notre liste, non ? demanda le Duc en consultant ses notes. Oui, le voilà. Bon, c'est parfait, comme ça pas d'extra, poursuivit-il en cochant le nom de Chester.

— Vous pouvez aussi rayer le légiste.

— Garrido, le voilà. Comment ça s'est passé ?

— Sans difficulté. Là, par contre, il y a un extra.

— Qui ?

— Son épouse. Elle était à la maison.

Dudas nota quelque chose dans son calepin et hocha la tête d'un air satisfait. Effacer toute trace d'un bonneteau entraînait toujours des complications, des suppléments et des imprévus. Des enfants, parfois même des nourrissons. Une épouse, c'était gérable.

— Quel modus operandi ?

— Un bonhomme, dit Bobby.

— Sans arme à feu, ajouta Bobby au volant, les yeux fixés sur la route.

— Un bonhomme ? Au couteau ? Vous avez dû tout dégueulasser ! dit le Duc.

— C'est pas faute d'avoir essayé de lui faire comprendre, boss…

— Le bonhomme s'imposait, se justifia Bobby. Tranche d'âge, crise de la cinquantaine : un vrai cas d'école.

— Tu oublies, mon amour, que le légiste n'avait pas d'arme à feu chez lui.

— C'est plutôt toi qui oublies quand je te parle.

— Encore ton barbecue ? Ça va, maintenant…

— Le barbecue, c'est juste un exemple, monsieur On fait la fête, monsieur Entrez et faites comme chez vous.

— Écoutez-la, madame Cheveux rayonnants !

Dudas Franco suivait la conversation comme les Garrido une heure plus tôt. Il était d'excellente humeur en sortant de l'hôtel, mais un début de migraine commençait à se faire sentir au niveau des tempes.

Il rangea son carnet et posa le porte-documents sur ses genoux.

Le ping-pong des Bobby s'acheva par un « hors de question de continuer à parler tout le temps de la même chose » et un « pareil pour moi, mieux vaut en rester là ». Silence tendu. Bobby secouait la tête en étranglant le volant. Bobby, les bras croisés, regardait dans le vide à travers la vitre.

La fourgonnette s'immobilisa devant la demeure des De Miguel. Bobby ouvrit la porte et sauta dehors.

— Boss.

— Bobby.

— Boss.

— Bobby.

Ils redémarrèrent en laissant Dudas Franco sur place. Tout seul, dans un silence paisible, une tranquillité totale, devant le portail, sous la lumière ambrée de la lune.

Le doute est permis I

Un quart d'heure plus tôt, Rubí de Miguel l'avait reçu et conduit à son bureau. Elle avait fait pivoter une console qui se trouvait être un meuble-bar bien garni et lui avait demandé ce qu'il voulait boire. Dudas Franco avait répondu que merci beaucoup, jamais d'alcool, par contre un café, il ne dirait pas non, dans une cafetière à piston si possible, avec une moitié de citron. Rubí de Miguel avait posé les mains à plat sur le bar en grommelant tout bas, le regard vide, avant de se servir un verre. Mon p'tit Dieu, donne-moi la patience nécessaire avec cet abruti et son café.

— Vous me parlez ?

— Je disais qu'il est deux heures et demie du matin. Comprenez bien que le personnel aussi a le droit de se reposer et qu'il n'y a personne en cuisine.

— Oh, pas de problème. Dans ce cas, on n'a qu'à continuer cette conversation là-bas, je me charge de tout.

Cette cuisine aurait fait baver de jalousie n'importe quel chef. Des fours, des fourneaux, un séchoir à viande, des frigos et des placards remplis de produits de première qualité, des instruments de cuisine et des couteaux de toutes sortes, une plancha et une table centrale en inox rutilante. Seul problème, la machine à café. C'était un truc à capsules gros comme un extracteur d'air. C'est mieux que rien, admit le Duc, l'air déçu. Il mit l'appareil en marche et demanda à Rubí s'il pouvait préparer quelque chose à grignoter, le temps qu'il chauffe. La nuit va être longue.

— Faites comme chez vous, dit-elle en sirotant son verre appuyée à la table en inox, mais ne comptez pas sur mon aide, je n'ai pas dû mettre les pieds ici plus d'une ou deux fois.

Le Duc coupa de petits triangles de fromage qu'il disposa sur une assiette, il nettoya la planche à découper en poussant les copeaux dans sa main à l'aide du couteau et les jeta dans la poubelle. Dans leur présentoir près de la machine, les capsules de café scintillaient à la lumière des plafonniers. Il choisit un arabica intense, inséra la capsule et appuya sur le bouton.

— Des nouvelles de vos hommes ? demanda-t-il.

— Ils ont téléphoné il y a une grosse quinzaine de minutes. Tout s'est bien passé à Balanegra.

— Très bien, très bien. Refermons donc la page du cimetière. Si vous me dites que les Tapia ont appelé il y a vingt minutes, alors ils devraient être sur le point d'arriver en ville. Où l'emmènent-ils ? demanda le Duc.

— À l'usine. Je leur ai dit de le mettre dans l'ancien abattoir. On ne l'utilise plus. Ils seront tranquilles.

— Très bien, très bien, dit le Duc en goûtant son café. Je dirai à mes collaborateurs où les trouver.

— Vous et votre foutu ménage !

Le Duc haussa les épaules et mordilla un bout de fromage avec prudence.

— Ne vous tourmentez pas, ma chère. Garrido, c'est déjà de l'histoire ancienne. Bientôt viendra le tour des Tapia, et ensuite le Russe. Une fois le travail accompli, ce qui ne manquera pas d'arriver, je peux vous assurer que vous n'aurez aucun regret. Protéger sa famille demande toujours des sacrifices.

— Vous avez découvert qui a vendu la mèche aux journalistes ? demanda Rubí de Miguel.

— Oui.

— Et ?

— C'est le Russe. Il était déjà sur notre liste, donc…

— Retournons dans mon bureau, le coupa Rubí de Miguel.

En chemin, elle retira ses chaussures. Elle ne voulait aucun bruit de talons dans ce couloir silencieux. Sans même se retourner, elle posa la question qui la turlupinait depuis un bon moment :

— Il a souffert ? Je parle de Garrido.

— Je comprends votre inquiétude, mais la réponse est non, c'est promis. Le doute est permis, mais je me sens offensé. Nous sommes des professionnels.

Ce qu'il ne dit pas, évidemment, c'est qu'un bonhomme sans arme à feu supposait pour la victime de voir son épouse découpée en morceaux comme un poulet avant de se retrouver soi-même la cafetière au bout d'une corde.

La cafetière.

Il y réfléchit un instant.

Une plaisanterie macabre pas drôle du tout.

Une pluie d'étincelles

Cette nuit-là, bien des années après son dernier contrat, Coveiro reprit enfin du service. De vieux rouages grippés se remirent à tourner. Des réflexes et des automatismes. Questions, réponses, marche à suivre. Il rentra chez lui et, après une grosse minute de réflexion, alla chercher sa gibecière, l'ouvrit sur le canapé et jeta un coup d'œil à l'intérieur : un couteau et un chiffon, rien d'autre. Il se mit alors à parcourir méthodiquement la maison pour trouver ce qu'il lui fallait emporter.

Dans sa tête, les interrogations bourdonnaient comme un essaim d'abeilles. Pourquoi ? Pourquoi avoir enlevé Marco ? Pourquoi cette nuit ? Comment savaient-ils que le gamin se promenait dans le cimetière les soirs d'enterrement ?

Il troqua sa chemise contre une des noires à manches longues qu'il utilisait pour les funérailles en hiver. Dans un tiroir de sa chambre, il trouva des gants en cuir qu'il fourra dans la poche arrière de son jean. Il s'accroupit pour prendre son fusil et des cartouches sous le lit.

Si ça se trouve, il y a un moment qu'ils nous observent, qu'ils surveillent nos routines. Comment avait-il pu relâcher sa vigilance à ce point ? Mais la question restait la même : pourquoi ?

Il posa le fusil contre le canapé et jeta les gants et les cartouches dans la gibecière. Dans la cuisine, il attrapa la boîte de cigarillos et un briquet dans le tiroir sous l'évier, qu'il mit aussi dans son sac. Il éteignit les lumières et sortit en emportant le tout.

Derrière la remise se trouvait la vieille camionnette Opel aveugle à l'arrière qui avait appartenu à son frère. Il ouvrit la portière passager, posa son sac sur le siège et le fusil au sol. Il referma et fit le tour de la remise pour y entrer. Forte odeur de peinture. Il tira sur le cordon de l'ampoule et la lumière fut.

Son passé avait-il quelque chose à voir là-dedans ? Il n'y croyait pas. Après tout, il était officiellement mort et enterré depuis longtemps. Il recentra donc ses réflexions sur Marco. Est-ce que le problème était lié à Richi ? Est-ce que son frère s'était mis dans la merde avant de se suicider ? Des dettes à payer ? En tout cas, Coveiro n'avait rien remarqué depuis tout ce temps. Quelqu'un l'aurait déjà contacté.

Un marteau, une boîte de clous, du gros scotch et un rouleau de corde. Il s'immobilisa quelques instants, le regard fixé sur le mur du fond. Une hésitation.

Qu'est-ce qui lui manquait ?

Il ne savait pas de quoi d'autre il pourrait avoir besoin. Il tordit le cou pour contempler le travail de Marco. Le mieux est l'ennemi du bien, voilà ce qu'il lui avait dit le matin même. Du ruban de masquage sur le pourtour et du plastique pour protéger le sol. Le pinceau propre posé sur un pot de peinture rempli d'eau. Du bon travail, se dit Coveiro.

Après quoi il se focalisa de nouveau sur le présent, coinça comme il put le matériel sous son bras et, de sa main libre, tira le cordon pour éteindre. Il rangea la corde dans le coffre de la camionnette, et le scotch, les clous et le marteau dans son sac avec le reste.

Je crois que je n'ai rien oublié, se dit-il.

Il restait des questions.

Et le Russe, alors ? Quelle qu'en soit la raison, il se trouvait mêlé à l'affaire. Par conséquent, inutile de songer à aller voir la police.

Il monta, le moteur démarra après un ou deux grands râles. Il enclencha la marche arrière mais appuya soudain sur le frein. Lumière laiteuse de la lune sur le gravier du chemin.

Coveiro descendit en claquant la portière et retourna dans la remise, le scotch à la main et le fusil sur l'épaule. Dans le silence de la nuit, encore et toujours les grillons, le coassement lointain des grenouilles et une tourterelle qui roucoulait sous l'auvent de la maison.

Coveiro ralluma l'ampoule, posa le fusil sur l'établi, attrapa la scie circulaire sur une étagère et s'installa à califourchon sur un tabouret. De l'extérieur, le bruit étouffé de l'outil et une pluie d'étincelles. Il remit tout en place et entoura de ruban adhésif la crosse et la poignée du fusil dont il venait de scier le canon. Il soupesa l'arme et visa le mur du fond. Il laissa retomber son bras et répéta encore l'opération une ou deux fois.

C'est mieux, dit-il, beaucoup mieux.

Avant de sortir, il jeta un dernier coup d'œil au travail de son neveu. En voyant le plastique par terre, il se dit qu'il en aurait peut-être besoin. Il repartit avec un rouleau sous le bras.

Il éteignit, referma et remonta à bord de la camionnette.

Le gravier crissa sous ses pneus. Aucun doute possible, Coveiro était un peu rouillé. Les questions sans réponses continuaient à tourbillonner dans sa tête. Il traversa le village et prit la nationale en direction de la ville.

Il s'alluma un cigarillo.

Le vent sur son visage et les faisceaux lumineux qui balayaient la route à son passage lui inspirèrent deux conclusions : d'abord, qu'il n'était pas en bonne position pour considérer la situation dans son ensemble. C'était comme conduire de nuit. Il ne distinguait qu'un bout de la route.

Comment retrouver son neveu ?

La réponse à cette question viendrait en temps voulu.

Quant à l'autre conclusion…

Il avait repris du service, aucun doute là-dessus, mais qu'il le veuille ou non, il n'était plus du tout le même.

Le *pouf pouf* des roues

Personne ne connaissait leurs véritables noms. On les appelait les Tapia. Au regard du fisc, des travailleurs indépendants. Eux se définissaient plutôt comme autoentrepreneurs ; et puis ils éclataient de rire en se lançant des regards complices. On entreprend, tu m'étonnes qu'on entreprend. Et si quelqu'un, sous prétexte qu'il avait bu une bière avec eux, croyait avoir gagné leur confiance et leur demandait ce qu'ils faisaient exactement, ils répondaient, le regard tranchant comme un coup de couteau, qu'ils étaient prestataires de services. Ce qui revenait à dire : mêle-toi de ton cul.

Ils avaient beau se ressembler, ils n'étaient pas frères, ni même cousins. Toujours en costume, mal foutus comme on peut l'être avec un buste à faire peur posé sur des jambes toutes fines comme les pattes d'une vieille poule. Ils avaient fait connaissance en prison et s'étaient entre-tués pour le lit superposé du haut avant de devenir les meilleurs amis du monde.

Seuls des gens de confiance engageaient les Tapia. Des ex-taulards. Personne ne savait qui ils étaient, d'où ils venaient, ni pourquoi ils avaient été condamnés. Certains prétendaient qu'ils avaient été boxeurs et se rappelaient avoir vu leurs têtes à la télé. Selon d'autres, à en croire les tatouages sur leurs avant-bras, c'étaient d'anciens militaires, des légionnaires.

Rubí de Miguel les avait engagés elle-même pour cet inhabituel travail de nuit au cimetière. Une seule consigne : vous déterrez le corps de mon fils et vous me le ramenez.

Consigne qu'ils avaient suivie à la lettre.

Ils étaient de retour en ville avec le corps de León de Miguel sur la banquette arrière de leur pick-up. Quand ils arrivèrent à la guérite, le gardien leva la barrière et ils firent le tour des usines de traitement Carbac pour se garer devant l'ancien abattoir.

Avant de sortir du véhicule :

— Qu'est-ce qu'elle peut bien vouloir faire avec le cadavre de son fils ?

— Aucune idée, laisse tomber.

— Bizarre, ce boulot, pas vrai ?

Et encore, s'ils avaient regardé dans le rétroviseur, ils auraient vu León de Miguel se relever sur son siège, la bave aux lèvres et le regard perdu.

— Très bizarre, répondit l'autre.

— Et le gosse du cimetière ? Avec ses chaussettes et sa ceinture à outils, qu'est-ce que tu en dis… C'était l'idiot du village ?

— Qui sait…

— En tout cas, ce qui est fait est fait. Tu crois qu'on aurait dû en parler à Rubí ?

À l'arrière, León de Miguel tordait son cou dans tous les sens, l'air halluciné. On voyait qu'il n'arrivait pas à respirer.

— Du dingo du cimetière ? Non. Problème réglé, oui ou non ?

— Oui.

— Eh ben, voilà. C'est la dernière fois que ce gamin fichera la frousse à d'honnêtes profanateurs de tombes.

Ils éclatèrent de rire. L'un d'entre eux consulta sa montre : presque trois heures et demie du matin. Selon les consignes de Rubí de Miguel, ils devaient remettre le corps de son fils à un homme et une femme.

— Ils ne devraient pas tarder.

— Probablement pas.

C'est alors qu'ils entendirent la poignée. Ils se retournèrent, la portière du pick-up était ouverte et la banquette arrière vide. Quant à León de Miguel, il titubait à l'aveuglette sur le parking plongé dans l'obscurité. Qu'est-ce que c'est que ce bordel ? dirent-ils en chœur.

Ils descendirent.

De là où ils étaient, les Tapia ne pouvaient pas remarquer l'air distrait du couple dans la fourgonnette LE DUC. SERVICE DE NETTOYAGE EXPRESS qui venait dans leur direction. Elle, les bras croisés, regardait par la vitre passager, visiblement en colère ; lui, tout en conduisant, ne la quittait pas des yeux.

— Il y a quelque chose d'autre, c'est pas possible, disait Bobby. Qu'est-ce qui t'arrive ?

— À toi de me l'expliquer !

— Bobby, ma chérie, on se connaît par cœur, toi et moi…

Voilà ce qu'ils se disaient un instant avant le *boum* contre le pare-chocs et le *pouf pouf* des roues qui passaient sur le corps de León de Miguel.

Juste avant que la fourgonnette déboule de nulle part, l'un des Tapia disait à l'autre :

— Oh putain, il est vivant !

Et puis la collision et le coup de freins.

— Pas si sûr, avait répondu l'autre.

Marco, fils bien-aimé, 1975-2019

Marco réfléchissait à la question depuis un bon moment. Aux différentes questions. Les deux types lui avaient demandé s'il se prenait pour un fantôme, ou un truc comme ça. Il n'avait pas répondu. C'était une chose à laquelle il n'avait jamais pensé. Après, ils lui avaient demandé si c'était lui, l'idiot du village. Cette fois, il avait fait non de la tête. L'idiot du village s'appelait Germán, le pauvre, tout le monde savait ça. Après avoir sorti le corps du cercueil et l'avoir déposé près de la fosse, les deux types avaient dit à Marco : viens par ici, allez, viens. Alors il y était allé, et ils lui avaient dit : « gentil, brave bête », comme au chien abandonné qui passe son temps couché devant la porte de l'église. Ils lui avaient retiré sa ceinture, parce qu'elle ne passait pas. Ils lui avaient dit de ne pas faire de bruit, qu'un cimetière était un endroit respectable, qu'il ne fallait pas déranger les morts. Ils avaient remis le couvercle en place et Marco était resté dans l'obscurité. Il avait entendu les pelletées de terre tomber sur le bois, et puis plus rien du tout. Alors, comme il avait tout le temps pour réfléchir, c'est ce qu'il avait fait.

Et il cogitait dur, pas de doute là-dessus. Il se demandait

s'il était toujours Marco ou s'il était devenu Leonardo de Miguel, le nom qui était gravé sur le marbre, et son problème, la question à laquelle il n'avait pas de réponse, c'était de savoir, en récitant la liste des noms et des dates du cimetière, s'il devait dire Leonardo, Marco ou les deux en arrivant à la tombe qu'il occupait.

Il fit plusieurs essais.

— Fermín Rodríguez 1927-1975, Adelaida Páez 1962-1999, Román Guzmán 1942-2006, Jesús Márquez 1954-2001, Rosa María Galán 1937-2010…

Ainsi de suite jusqu'à la dernière.

— Leonardo de Miguel 1975-2019.

— Leonardo de Miguel et Marco 1975-2019.

— Marco 1975-2019.

À force de passer et repasser le bout de son doigt sur les jointures du bois, il décida qu'il dirait Marco.

Après tout, c'était lui et personne d'autre qui se trouvait enterré dans ce cercueil, c'était bien lui, le mort, désormais.

Vous êtes nouveau en ville ?

Il avait garé la camionnette sur le bas-côté. En travers de la pente. On aurait dit une baleine échouée. L'ombre de Coveiro apparaissait et disparaissait au rythme des feux de détresse. Le dos tourné à la route, les jambes écartées, il faisait face à un tronc d'arbre tout tordu. Il s'était arrêté au milieu de nulle part, un coin perdu entre Balanegra et la ville, et pourtant quelqu'un, un jour, avait gravé son nom sur l'écorce de cet arbre. Voilà qui donna à penser à Coveiro. Il y avait des gens qui voulaient à tout prix laisser une trace de leur passage en ce bas monde. D'autres, au contraire, consacraient leur vie à le changer, mais leur nom n'apparaissait nulle part. Voilà ce que Coveiro se dit. Après quoi il se secoua un peu en maudissant sa prostate, referma sa braguette et remonta en voiture.

Il s'était imaginé que revenir après tant de temps serait comme voyager dans le passé. C'était le contraire. Il reconnut à peine la ville. Des groupes de fumeurs s'agglutinaient devant les bars, le verre dans une main, le portable dans l'autre. Les taxis ne suffisaient pas pour tout ce monde. Fourmillement et défilé constants. Des démarches plus ou moins décidées, sans bien savoir où aller. Sur le pas de la porte d'une banque, un type dormait sur des cartons, agrippé à une bouteille de vin ; sur le trottoir d'en face, un autre, en costume, en faisait de même sur un banc, agrippé à un attaché-case. Partout sur les façades, les panneaux publicitaires et les arrêts de bus, on vendait du bonheur dans des récipients en plastique. Uniquement des choses bien propres et aseptisées. Quel que soit le produit : du parfum, des téléphones ou de la mousse à raser. Toutes les rues étaient illuminées mais, d'une certaine façon, aux yeux de Coveiro, la ville ne brillait pas autant qu'avant.

Il traversa le pont pour trouver un endroit tranquille, se gara près d'une bouche à incendie, verrouilla la camionnette et partit en emportant son marteau. Il rebroussa chemin à pied. Il retraversa le pont et se dirigea vers le type en costume qui cuvait son vin sur son banc. Il le secoua, l'homme ouvrit un œil. Il voyait flou. En serrant fort son attaché-case contre lui, il bredouilla quelque chose d'incompréhensible. Coveiro lui appuya la tête du marteau sur la gorge.

— Je n'en veux pas à ton portefeuille. J'ai besoin de ton téléphone.

C'est alors qu'il perçut du mouvement du coin de l'œil ; toujours couché et agrippé à sa bouteille de vin, l'autre ivrogne avait levé la tête et le fixait depuis l'entrée de la banque. Coveiro pointa le marteau dans sa direction et l'autre rentra la tête en fermant les yeux.

De retour à la camionnette, Coveiro chercha dans son portefeuille la carte de visite du Russe. Celui-ci répondit au bout de quatre tonalités.

— Je connais pas ton numéro, il est trois heures et demie du matin, j'espère pour toi que c'est une urgence, putain !

— Allez, c'est bon, tu dormais pas, major.

— Ah non ? Et comment tu sais ça, petit malin ?

— Parce que je t'ai vu quitter le cimetière de Balanegra il y a un peu plus d'une heure. Tous phares éteints. Derrière un pick-up. Voilà comment je le sais.

Silence.

— Et alors ?

— Rien.

— T'es qui, putain ? demanda le Russe.

— Le fossoyeur.

— Le fossoyeur ?

— On s'est rencontrés cet après-midi. T'as utilisé mes chiottes et tu m'as donné ta carte. On a parlé de ta Torino 1975 de merde.

Silence.

— Je me souviens parfaitement de toi, et aussi de ton gamin bizarre. Si on en parlait de vive voix ? Juste toi et moi, papi, dit le Russe. Je sais pas quel est le problème, mais c'est sûrement un malentendu. Dans une demi-heure devant le *Bublé*, ça te va ?

— Pas dans un bar. À l'époque, si je me rappelle bien, il y avait une vieille carrière de gravier à l'est de la ville. Elle existe toujours ?

— Non, il a fallu dévier la rivière pour des travaux. Maintenant, c'est un bourbier. Mais ça me va tout aussi bien. Dans une demi-heure, papi ?

— À tout à l'heure.

Coveiro jeta le téléphone par la fenêtre et démarra.

Sur le chemin du bourbier, un film lui revint en mémoire. *Choose Me*. Le moment où le garçon demande à Carradine :

— Vous êtes nouveau en ville ?

— Non, c'est la ville qui a changé.

Eh bien, Coveiro pensait exactement comme Carradine.

Quel Carradine ?

Pas le bon acteur, l'autre.

Bonneteau, saucisses fraîches et dope

Une fois les Tapia mis hors d'état de nuire, Bobby déshabilla les cadavres des tueurs à gages tandis que Bobby faisait démarrer la ligne de production. Il n'avait pas son pareil pour comprendre comment fonctionnent les appareils, quel câble couper, sur quel bouton appuyer. Réparer le lave-linge à la maison, bidouiller un ascenseur ou remettre en marche une vieille machine à saucisses. Ce genre de choses.

Après le malheureux accident sur le parking, les Bobby étaient descendus de voiture pour s'approcher du corps de León de Miguel. Les Tapia s'étaient approchés aussi. Au début, personne n'avait pipé mot. Le silence de la nuit résonnait uniquement des sanglots pitoyables de León de Miguel, lequel avait désormais, en plus de son œil au beurre noir et de ses nausées, les deux jambes cassées.

Faudrait prévenir Rubí, je sais pas, enfin, ce que j'en dis…, avait suggéré l'un des Tapia. Emmenez-le plutôt à l'intérieur, avait répondu Bobby. Et l'autre Tapia : c'est toi, la cheffe ? Je savais pas qu'on avait une nouvelle cheffe. Silence. Duel de regards. Les Bobby. Les Tapia.

Finalement, Bobby et l'un des Tapia avaient transporté

León de Miguel, qui arrivait enfin à articuler quelques mots et n'arrêtait pas de demander où il était. Ils l'avaient déposé dans ce qui avait dû être, à l'époque, la salle de repos du personnel. Quelques chaises et deux tables en longueur de chaque côté d'un couloir. Une peinture murale écaillée et, par terre, du béton estampé avec des cercles et des traces de rouille à l'endroit où avait dû se trouver une rangée de distributeurs.

— Et maintenant ? avait demandé l'un des Tapia. Notre boulot, c'était de déterrer le corps de ce type, avait-il ajouté en montrant León de Miguel, dont les jambes formaient un angle biscornu qui faisait mal à voir.

— Personne ne nous avait prévenus qu'il était encore vivant.

— Et il l'est toujours, avait dit Bobby. Il a seulement les jambes cassées. On ne peut pas parler de lui au passé.

— Comment ?

— Je vais à la fourgonnette, je reviens tout de suite, était intervenue Bobby pendant que son mari mettait les choses au clair avec les Tapia.

— Quoi qu'il en soit, avait dit Bobby pour calmer le jeu, votre rôle dans le bonneteau est terminé, messieurs. Au retour de ma…

— Qu'est-ce que c'est que cette histoire de bonneteau ?

— Le bonneteau, messieurs. Trois gobelets… Où est la petite balle ? Où est la petite balle ?

— Hein ?

— Évidemment, il y a un truc. La petite balle n'est sous aucun des gobelets. Pareil pour un type, en l'occurrence celui-ci, avait dit Bobby en montrant León de Miguel. La petite balle, c'est le mort, et le gobelet, c'est le cercueil.

— Et à la fin, il faut tout nettoyer. Autrement dit, pour les durs à la comprenette, il faut se débarrasser de tous les participants au jeu.

— Quoi ?

Deux petits chuintements, comme quand on crache, pas plus. Bobby avait eu le visage tout éclaboussé de sang. Et les Tapia s'étaient effondrés comme des poupées de chiffon, l'un la bouche ouverte, l'autre le sourcil levé.

— Bon sang, Bobby chérie, tu pourrais prévenir avant d'envoyer la purée. Regarde dans quel état je suis.

Bobby, un sourire coquin aux lèvres, s'était contentée d'ouvrir lentement la bouche pour mimer une fellation au silencieux de son arme. Elle gonflait une de ses joues en rythme.

— Comme ça, tu sais ce que je peux ressentir, parfois, avait-elle dit.

Quelques secondes après, ils éclataient de rire. Des rires qui résonnaient entre les murs nus de l'ancien abattoir. Leurs réconciliations étaient toujours drôles à mourir. Après tout, n'étaient-ils pas furieusement charmants ?

Le bruit du hachoir à viande était assourdissant.

Ils jetèrent les corps des Tapia dans la machine et brûlèrent leurs vêtements dans un baril vide avant de déguerpir. León de Miguel, chaque jambe dans une attelle improvisée avec du vieux bois de palette et du scotch d'emballage, se retrouva couché à l'arrière de leur fourgonnette. Ils démarrèrent et quittèrent l'usine Carbac. Bobby respectait les limitations de vitesse. Sur le siège passager, Bobby tentait de nettoyer les éclaboussures de sang sur son visage avec un chiffon.

— Chéri, on ne peut pas l'emmener à l'hôpital, dit Bobby en prenant un virage.

— Non, mon cœur, tu as raison, répondit Bobby en se regardant dans le rétroviseur pour essayer d'effacer les taches avec un coin de tissu mouillé de salive. Par contre, il faudrait lui donner quelque chose contre la douleur.

— On s'arrête dans une pharmacie ?

León de Miguel se releva difficilement en s'appuyant sur les mains et s'assit, le dos contre une des portières. Malgré la douleur affreuse, il avait repris ses esprits. Après avoir toussoté pour attirer leur attention, il demanda : « Putain, qu'est-ce qui se passe ici ? »

Tandis qu'ils se dirigeaient vers la sortie de la ville et que, quelques kilomètres derrière eux, la machine de portionnage balançait sur le sol de l'ancien abattoir un interminable chapelet de saucisses fraîches, les Bobby lui résumèrent la situation.

Un bonneteau.

Une offre réservée aux VIP.

La mort, l'enterrement, et puis une nouvelle vie sous une nouvelle identité quelque part très loin d'ici. Un paradis pour gens friqués, ceux qui ont des envies de nouveau départ et des relations haut placées. Des pays sans traité d'extradition, ce genre de choses.

Le Duc se charge du bonneteau et nous du nettoyage.

Elle est où, la petite balle ?

À la sortie d'une zone industrielle, en banlieue, ils tombèrent sur un type qui dealait dans une banale Nissan Vanette blanche. Il avait garé son tacot entre un atelier de réparation de pneus et un concessionnaire d'occasion. Discrétion, prudence, mais la porte latérale grande ouverte. À la faible lumière du plafonnier, ils virent descendre quelqu'un qui tenait à peine debout et fourrait à toute vitesse quelque chose dans sa poche.

— C'est ce que je crois ?

— On dirait bien.

— On lui dégote un truc contre la douleur ?

— D'accord. Attends, je me gare.

Cinq ou six minutes plus tard, le dealer gisait les bras en croix sur une glacière de camping, ses yeux étonnés braqués sur le plafond délavé de la Vanette. Il avait le couteau de cuisine rouillé qui lui servait d'habitude à se curer les ongles planté dans la gorge. Bobby retourna à la fourgonnette en sifflotant, comme s'il revenait de faire les courses. Il posa un sac en plastique à ses pieds et dit à Bobby de démarrer. Des seringues, des élastiques, des briquets, des cuillères et au moins une douzaine de petits sachets pleins d'une poudre brunâtre.

Le bourbier

Quelqu'un avait dû se rendre compte un jour que l'endroit était dangereux. Coveiro dépassa un panneau oxydé qui disait : DÉFENSE D'ENTRER et, un peu plus loin, des barbelés rouillés qui s'enroulaient sur eux-mêmes comme une vieille promesse. Il eut du mal à reconnaître l'ancienne carrière de gravier, comme on reconnaît difficilement le visage de quelqu'un vingt ans après. Un peu de ce qu'il a été, mais c'est tout.

À première vue, il n'était pas le seul que les avertissements n'arrêtaient pas. Il suivit des ornières profondes jusqu'à ce que la terre compacte du chemin cède la place à un étroit sentier caillouteux. La camionnette se rangea le plus près possible du bourbier, Coveiro laissa tourner le moteur. Il prit son fusil et la gibecière avec ses affaires. Il ouvrit en grand les deux portières arrière, posa tout de façon à pouvoir y accéder rapidement, s'alluma un cigarillo, planta les talons dans la boue et s'assit sur le rebord du coffre pour attendre.

Le son de son moteur avait fait taire le bruyant chœur nocturne du marécage. Fini les grillons, le coassement des grenouilles et le hululement des chouettes. Rien, la nature attendait. Seulement une nuée silencieuse de moucherons qui voletaient dans les phares de la camionnette. Coveiro put cogiter à son aise. Quelque chose ne collait pas. Pourquoi voudrait-on enlever son neveu ? Comment avaient-ils su qu'il se trouverait dans le cimetière cette nuit ?

Deux longs faisceaux lumineux dessinèrent un arc au-dessus du marécage. Un véhicule prit le virage, dépassa le panneau qui interdisait le passage et s'approcha de la position de Coveiro en coupant les pleins phares. Il s'immobilisa à environ trois mètres, le moteur au ralenti.

Quelques secondes s'écoulèrent. Les phares empêchaient Coveiro de voir l'intérieur de la Torino. Il s'en fichait. Son cigarillo terminé, il l'écrasa sous le talon de sa botte.

Le Russe finit par se lasser d'observer le vieux, il descendit en claquant la portière, remonta son pantalon en tirant sur sa ceinture et cracha par terre avant de s'approcher de sa démarche de voyou. Ses phares projetaient son ombre longue à l'intérieur de la camionnette. Il alla se planter face à Coveiro, les sangles du holster croisées dans le dos, le bras gauche légèrement pendant et le droit un peu levé. Jambes arquées, sourire aux lèvres, il tapotait distraitement la crosse de son arme.

Le vieux fossoyeur ne bougea pas d'un pouce.

— Papi, papi… Alors, comme ça, tu m'as vu sortir du cimetière ?

— Non. J'ai vu deux types sortir du cimetière. Et il se trouve que ces deux types ont enlevé mon neveu, va savoir pourquoi. Toi, je t'ai seulement vu les suivre, comme un bon chien-chien à sa mémère.

À cause des phares dans le dos du Russe, leurs visages

restaient dans l'ombre. On n'apercevait que le léger éclat de leurs yeux.

— J'aime bien l'endroit que tu as choisi pour notre rencontre, dit le Russe avec un bref mouvement de tête. Et j'espère pour toi que ton assurance te rembourse les soins dentaires, papi. Tu vas en avoir besoin.

— De quoi tu comptes te servir ? De ce flingue que tu tripotes comme un cul de jument ?

— Peut-être bien…

Une, deux, trois secondes, et le Russe fit le geste d'attraper son arme. Coveiro saisit son canon scié, se leva, avança d'un pas et lui tira dans le pied. À cette distance, impossible de le rater. La détonation fit s'envoler en même temps tout un tas d'oiseaux qui patientaient tapis sous les buissons et sur les branches des arbres de l'autre rive. Après, il ne resta plus que le ronronnement des moteurs.

Coveiro fut surpris de ne pas voir le Russe hurler ni se rouler de douleur. Il s'était assis par terre comme un Indien, les lambeaux de peau et d'os de son pied entre ses mains, se balançant d'avant en arrière.

— Tu te rends pas compte de ce que tu viens de faire, l'ancêtre, dit-il, les dents serrées de rage, la bave aux lèvres. Non, t'en as aucune idée. Tu sais pas dans quel guêpier tu t'es fourré. C'est pas juste sur un flic que t'as tiré.

Il se mit à rire dans la nuit comme un fou et réessaya d'attraper son arme.

— Si tu recommences, je te fais sauter l'autre pied.

Le Russe baissa la main pour saisir le désastre qui lui servait de pied.

— Tu te rends pas compte de ce que tu viens de faire…

— Tu l'as déjà dit.

— T'as aucune idée de qui est la personne pour qui je travaille.

Coveiro se pencha pour prendre le pistolet dans le holster et le passa à sa ceinture dans son dos, de telle façon que seule la poignée dépassait de son pantalon.

— Non, je ne sais pas pour qui tu travailles, dit-il juste avant de l'assommer d'un coup de crosse au menton, mais je te parie ce que tu veux que tu vas bientôt avoir très envie de me le raconter.

Le Russe était tombé sur le côté, à demi inconscient. Il revint à lui à force de grandes claques que Coveiro lui administrait tout en fumant un nouveau cigarillo de l'autre main. Il était pieds et poings liés et scotché au pare-chocs de sa Torino 1975. Une intense douleur montait de son pied – ou du moins ce qu'il en restait – vers son cerveau sous forme de pulsations sourdes et régulières. Il secoua la tête pour reprendre ses esprits. Le vieux lui parlait.

— ... que je te donne raison sur un point : c'est un endroit parfait, même pas besoin de te bâillonner. Tu pourras crier autant que tu voudras. En ce qui me concerne, aucune différence.

Après quoi, sous les yeux exorbités du Russe, il alla farfouiller dans un sac à l'arrière de sa camionnette et revint avec un marteau et une boîte de clous aussi gros que le pouce.

— Écoute, lui expliqua Coveiro, il y a deux sortes de douleurs : la douleur à court terme et la douleur à long terme. À court terme, c'est moins grave, mais ça fait un mal de chien. Comme ça, par exemple.

Il posa la pointe d'un clou sur la cuisse droite du Russe et l'enfonça jusqu'à la tête d'un seul coup de marteau.

Le Russe se mit à respirer très fort, il tordit le cou dans tous les sens, donna de grands coups de tête contre le pare-chocs, mais ne cria pas. De la bave aux lèvres et une respiration hachée qui faisait un bruit de locomotive atteinte d'emphysème. C'est tout.

Coveiro dut bien admettre qu'il encaissait plutôt pas mal. Jusqu'au quatrième clou, plus ou moins. Le moment était venu de lui expliquer la douleur à long terme.

— C'est une douleur plus permanente, dit-il, marteau en main. Disons par exemple que je te plante un clou dans l'œil… Je vois à ta tête que tu comprends la différence.

Coveiro sortit un dernier clou de la boîte. Mais il n'en eut pas besoin, ni de celui-ci ni d'aucun autre. Le Russe déballa tout ce qu'il savait, d'un trait et sans faire de pauses :

— Je travaille pour la famille de Miguel. Rubí est la matriarche, c'est elle qui donne les ordres. Cette nuit, je n'ai fait qu'escorter les Tapia, deux gros bras, à la demande de Double Mickey, son fils cadet, le petit merdeux de motard que t'as vu à l'enterrement. Je te jure. Je devais juste les accompagner à l'aller et au retour. Ce qu'ils ont fait ou pas fait, j'en ai aucune idée. Je sais pas pourquoi ils auraient emmené ton neveu, et encore moins où. Je te jure, faut me croire, personne ne me raconte jamais rien, j'exécute les ordres sans poser de questions et je ramasse mon enveloppe à la fin du mois.

— Où je peux le trouver ?

— Ton neveu ? J'en sais rien, je t'ai dit.

— Je parle de Double Mickey, dit Coveiro.

En plein trip

Dudas Franco n'arrêtait pas de parler, il passait d'un sujet à l'autre avec une facilité déconcertante. Il y avait longtemps que Rubí de Miguel ne suivait plus. Assise à son bureau dans l'attente de nouvelles, elle avait besoin d'un dix de carreau. Pas question de s'adresser à son p'tit Dieu, cette fois. Un quart d'heure plus tôt, elle avait sorti un jeu de cartes d'un tiroir et faisait de son mieux pour ne pas tricher contre elle-même au solitaire.

Le Duc, pour sa part, continuait son bavardage ; juste avant que son téléphone sonne, il était en train de comparer le pays, ou plutôt l'État, à un foutu écosystème fluvial, une rivière, quoi. Et il expliquait à Rubí que la mondialisation, le libre-échange et la coopération internationale, c'étaient des putains d'écrevisses. Les écrevisses, elles s'en foutent de qui gouverne, de qui est aux commandes. Ce sont des brochets, des requins d'eau douce qui maintiennent l'équilibre des écosystèmes. Rubí, concentrée sur ses cartes et sans prêter la moindre attention à l'abruti au café, faisait oui de la tête et laissait échapper de temps en temps un « mmm » ou un « oh, comme c'est intéressant ».

L'écran du portable de Dudas annonçait : *Bobby (elle).* C'est comme ça qu'il les avait enregistrés dans ses contacts, à l'époque, pour différencier les deux. Le Duc s'excusa et sortit du bureau pour prendre l'appel.

— Je suis tout ouïe, dit-il.

— Il y a du neuf, boss. Des bonnes et des mauvaises nouvelles.

— Les bonnes d'abord.

— Nous avons León de Miguel, le ménage est fait, vous pouvez retirer les Tapia de votre liste.

— Les mauvaises, maintenant.

— León de Miguel a les deux jambes cassées.

— Répétez-moi ça.

Elle répéta.

— On peut savoir ce qui s'est passé ?

— Je saurais pas vous dire, boss. À notre arrivée à l'ancien abattoir, il était déjà dans cet état. Ils ont dû avoir un accident, quelque chose comme ça. Les Tapia n'ont rien voulu dire.

Silence.

À l'autre bout de la ligne, dans un garage de la zone industrielle, Bobby haussa les épaules en adressant un grand sourire à son mari. Elle mit la main sur le micro et murmura qu'un pieux mensonge ne fait de mal à personne.

— Et il est où ? Vous ne l'avez pas emmené à l'hôpital, au moins ?

— Évidemment que non, boss. Il est profondément endormi. En revenant au garage, on est tombés sur un dealer.

— Vous l'avez drogué ?

— Juste un petit shoot, boss. Pour que ses jambes ne lui fassent plus mal.

Dudas Franco consulta sa montre.

— J'ai besoin qu'il soit bientôt sur pied. L'avion décolle dans six heures. Ne le laissez pas monter à bord s'il est chargé comme une mule, dit le Duc.

— Pas de problème. Par contre, il va lui falloir des habits, boss. Quelque chose de large, un survêtement ou un truc comme ça. On lui a fait des attelles. Ah, et puis une chaise roulante. Pour l'aéroport, je veux dire.

— Je me charge des vêtements, je vais en parler à sa mère. Vous, voyez pour la chaise. Qu'est-ce qu'il vous reste à faire ?

— On le laisse se reposer ici et on va chercher le dernier de la liste, le policier.

— Le Russe, précisa le Duc.

— C'est ça. Et une fois le boulot fini, on revient, on le récupère, on passe vous prendre, et direction l'aéroport.

— Parfait.

Dudas Franco raccrocha. Il retourna dans le bureau. Rubí mélangeait à nouveau les cartes.

— Tout est en ordre ? demanda-t-elle.

— Oui, oui, bien sûr. Aucun souci à se faire, dit le Duc en se massant les paupières en cercle. Vous n'auriez pas quelque chose contre le mal de tête ?

Les Bobby verrouillèrent le garage de l'extérieur. Dedans, une glacière pleine de bouteilles d'eau et León de Miguel en plein trip sur un inconfortable canapé en skaï.

Ohé, du château !

Le capiton du cercueil était frais et doux au toucher. Exactement comme les mains de sa mère, dans son souvenir. Le bois, lui, était tiède et rêche, comme les mains de son père. Quant à celles de son tonton Coveiro, qui tremblaient en servant la soupe, elles étaient robustes et dures comme les pierres tombales ou la tête du marteau de sa ceinture à outils.

Voilà à quoi Marco pensait lorsqu'il finit par s'endormir, gagné par la fatigue. Ou pas. Peu importe. En réalité, dans sa tête, c'était un peu toujours la même chose.

Un labyrinthe à l'intérieur d'un château.

Il cherchait la sortie en palpant les murs lisses et blancs, décorés de la même frise de carrelage qu'à la maison, aussi bien dans la cuisine que dans la salle de bains. Une cerise, un oiseau, une pêche, une cerise, un oiseau, une pêche… Toujours les mêmes motifs dans le même ordre. C'est l'heure du petit déjeuner. Tu aimes le jus de fruits ? Oui, mais c'est difficile de répondre depuis là-dedans. Donne-moi ce que tu voudras, tonton, et je te ferai une fleur avec la serviette. Le mieux est l'ennemi du bien. Égoutter le pinceau après sept passages, rincer, sept nouveaux passages. Les biscuits trempés dans le lait résistent moins longtemps, ils se défont. Les habits avant la ceinture, les habits avant la ceinture. Voilà qui est mieux. Il y a quoi à la télé ? Rien. Là-dedans, il y a trop de couloirs, je ne peux pas les parcourir tous. C'est l'heure de la douche, tu as encore du savon, tu as toujours du savon. Je sais que tu te souviens de certaines choses, pas des belles choses, tonton, mais elles font partie de toi. Ne fais pas couler l'eau pour rien. J'ai froid, mais seulement à l'extérieur. À l'intérieur, il fait chaud. Les habits du dimanche, c'est pour les morts, et les habits de travail, pour les vivants. C'est l'heure de dormir. Raconte-moi une histoire. Je voudrais t'en demander une où tu ne meurs pas à la fin, mais je n'y arrive pas parce que je vis dans un immense labyrinthe à l'intérieur d'un château et qu'on peut à peine entendre ma voix à travers les meurtrières.

Alors, sans savoir s'il dormait ou pas, Marco caressa une énième fois un défaut du bois en forme de demi-lune. Pas étonnant, puisqu'il fait toujours nuit dans un cercueil.

Après, il se demanda pourquoi les gens pleuraient aux enterrements.

S'il avait pu, il leur aurait dit que mourir ne fait pas mal du tout.

Un penthouse avec vue

C'était cinq ans plus tôt environ.

Des études d'informatique et télécommunications abandonnées en cours de route. Vingt-quatre ans. Il avait piraté le serveur de l'université et recalé ses camarades de promo. Pas tous, seulement ceux qui le traitaient de gros.

Après qu'il s'était fait virer, un type surnommé « le Duc » lui avait rendu visite dans l'appart qu'il louait. Qu'est-ce que j'ai encore fait ? Oh, rien. Vous êtes flic ? C'est à cause du porno ? Non. Le fisc, alors ? On est aussi méchants qu'eux, mais non. C'est quoi, dans ce cas ? Voyons voir, la sécurité nationale, ça te parle ?

— Genre des cellules souterraines ?

Dudas Franco avait fait non de la tête en riant.

— Pour être honnête, je pensais plutôt à un penthouse avec vue.

Cinq ans plus tard, une nuit comme les autres dans son penthouse vitré avec vue sur le centre-ville. L'avenue principale avec sa sarabande de véhicules dans les deux sens comme des serpentins rouges et blancs. Des enseignes lumineuses et, un peu plus loin, à l'horizon de la ville, les lumières de l'aéroport. Big Mac faisait ce qu'il faisait le mieux. Bonnes joues et double menton, le cul qui déborde de la chaise et les doigts orange de miettes de Cheetos. Dans la poubelle et tout autour, des sachets de chips, des emballages de hamburgers et des boîtes pleines de restes de bouffe chinoise à emporter. Six ou sept moniteurs allumés. Les infos en continu, des sites de paris pour mettre du beurre dans les épinards, le cours des différentes Bourses pour le trading à court terme et, dans son casque sans fil, un tuto YouTube pour apprendre à préparer une délicieuse sauce à nachos.

Appel entrant.

Il coupa le son et fit glisser son casque, écarté à en craquer, dans son cou de taureau.

— C'est toi, beauté ? Vas-y, dis-moi comment t'es habillée, *baby*, dit-il.

— Non, c'est son mari. Je porte un pantalon de travail et une chemise éclaboussée de sang.

— Désolé, Bobby, j'ai cru que c'était Bobby qui appelait.

— Pas de problème. Note ce nom. Le Russe.

— C'est une nationalité, ça, *my friend*. Il m'en faut plus.

— Un major de police, proche de la famille de Miguel, la marque Carbac.

— Il te faut ça quand ?

— À ton avis ? Il est quatre heures du mat'. Tu crois quoi ? Que j'avais pas sommeil et que je me suis dit : tiens, si j'appelais mon pote Big Mac ?

— Compris, laisse-moi une minute.

Il réduisit la fenêtre d'un des sites de paris et se mit à

cogner sur son clavier de ses doigts boudinés. Police, Carbac, de Miguel, Russe tiret bas surnom, recherche, réseaux sociaux, *data*, *big data*… Il parlait tout seul. Reste en ligne, dit-il. Il faut procéder par élimination : tranche d'âge, sexe, race ? Blanc, entre quarante et cinquante ans, je pense, répondit Bobby. OK, je configure des filtres.

Entrée.

— Ça me sort un type avec une tête de mauvais coucheur. Policier, divorcé, une fille. Il se fait appeler le Russe sur les réseaux sociaux mais dans le registre aéronautique…

— Je m'en fous, de son nom. Tu peux me trouver son téléphone ?

— Je cherche, dit Big Mac en se remettant à tabasser le clavier tout en se parlant à lui-même. *Backdoor*, je récupère le mot de passe. E-mail ou téléphone ? Téléphone, bien sûr. Le voilà. Copier.

Il ferma toutes les fenêtres actives et lança un logiciel de traceur GPS. Mot de passe, ouvrir. La carte du pays. Des milliers de points rouges. Des antennes-relais.

— Recherche par terminal, c'est ça. Coller. Je l'ai presque, Bobby, dit-il en fixant l'écran. Un des relais est en vert. Je t'envoie la position.

— Merci, Big Mac.

— À ton service, *brother*, mes salutations à ta bourgeoise.

Big Mac remit son casque et s'en retourna à ses petites affaires.

À son penthouse avec vue.

Hotel California

C'est où, ça ? J'en sais rien, à l'extérieur de la ville, pas loin. Silence. Tu sais que je t'aime, Bobby, pas vrai ? Je le sais, et moi aussi je t'aime. J'ai passé une journée de chien. Et moi donc ! Tu me pardonnes ? Évidemment.

Malgré tout, la nuit était paisible. La fourgonnette dégageait un relent salin, mélange de sang et de sueur ; ils ouvrirent les fenêtres pour aérer. L'air tiède leur caressait le visage et faisait bouffer leurs chemises en s'engouffrant par les manches. Vitesse modérée, ils n'étaient pas pressés, le gros du travail était fait. Big Mac n'avait pas rappelé, le Russe se trouvait donc toujours au même endroit.

Une barre lumineuse de police dans le rétroviseur. Le conducteur mit le gyrophare, accéléra pour les dépasser et disparut au virage suivant. L'urgence était ailleurs. Bobby alluma la radio. Un type aux poumons en mauvais état et à la voix rauque lança les Eagles et leur *Hotel California*. Tu te rappelles ? Bien sûr que je me rappelle. Bobby tenait le levier de vitesses, elle posa sa main sur celle de son mari. Tu es belle. Regarde devant toi, sinon on va finir dans le décor.

Ils quittèrent la route pour prendre une sorte de piste

forestière. À la radio, les dernières notes de la chanson. Il était question de miroirs au plafond, de champagne rosé dans de la glace, et surtout du fait que tous étaient prisonniers de l'hôtel.

— Comme enfer, ça n'a pas l'air si terrible, dit Bobby en éteignant la radio. L'hôtel California, je veux dire, dans la chanson.

— C'est l'enfer ? Je ne savais pas.

— C'est pas dit, mais on le comprend, dit Bobby en surveillant l'écran de son smartphone. Nous y voilà. Il ne devrait pas être loin.

Bobby gara la fourgonnette, tira le frein à main et sortit jeter un coup d'œil. L'antenne-relais se dressait sur un bloc de béton à une vingtaine de mètres du chemin. Big Mac obtenait une localisation approximative par triangulation, à partir des antennes-relais et du satellite.

Mais du Russe, aucune trace.

— Remonte, on va suivre le chemin.

Ils dépassèrent un bosquet d'amandiers et des chênes rabougris avant d'arriver au panneau DÉFENSE D'ENTRER et aux tortillons de clôture rouillée.

— Qu'est-ce qu'il peut bien faire ici ?

— À l'odeur, il y a de l'eau quelque part. Un marécage. Si ça se trouve, c'est un amateur de pêche, va savoir.

— De pêche ? Il est presque cinq heures du matin ! On dirait que le chemin devient difficile. Si on n'y voit pas bien, mieux vaut faire marche arrière et revenir à pied.

Ce qu'ils virent bien, en revanche, c'est que quelqu'un était passé avant eux. Moteur en marche, ils stationnèrent face à l'homme attaché au pare-chocs arrière de sa voiture.

— C'est lui ?

Aveuglé par les feux de la fourgonnette, l'inconnu agitait la tête en ouvrant tout grands les yeux, on aurait dit un lapin ébloui par des phares qui foncent sur lui.

— Difficile à dire. Allons voir.

En entendant les portières s'ouvrir, l'homme retint son souffle, puis soupira de soulagement quelques secondes plus tard en voyant un jeune couple descendre de voiture. Il se mit à respirer très vite en parlant à toute allure. Dieu merci, en voyant la camionnette j'ai cru que c'était ce vieux fou qui revenait. Aidez-moi, je suis policier...

— Je crois qu'il vaudrait mieux aller chercher du scotch, dit Bobby.

— Oui, en effet.

Le Russe continuait son baratin et rendait même grâce au Tout-Puissant quand Bobby s'approcha pour lui dire de ne pas s'en faire, qu'il allait bientôt pouvoir se reposer.

— Quoi, me reposer ? Je vous ai dit que...

Bobby lui colla du ruban adhésif sur la bouche, si bien que la suite ne fut qu'un gargouillis étouffé. Il lui frotta la joue pour bien coller le bâillon et lui tapota le haut du crâne.

— Du calme. Je sais, je sais, tu es policier.

Tout ce que parvint à faire le Russe, c'est à se cogner la tête contre le garde-boue, grogner, ouvrir et fermer les narines et plisser les paupières.

— Dis donc, il est colère.

— On le serait à moins, dit Bobby. Tu as vu son pied, chérie ?

— On dirait qu'il a pris un coup de fusil.

En observant le Russe attentivement, ils remarquèrent les têtes des clous qui dépassaient de sa cuisse et les auréoles de sang sur son pantalon.

— Je n'aime pas ça, je n'aime pas ça du tout.

— Je crois qu'il faudrait appeler le Duc.

Et c'est ce qu'ils firent, en mettant le haut-parleur. Le Duc répondit à la sixième tonalité.

— Boss, dirent-ils, un nouveau joueur a rejoint la partie. Un professionnel.

— Sûr ?

— Et certain. On a trouvé le Russe attaché au pare-chocs de sa voiture, un coup de fusil dans un pied. Il a subi un interrogatoire. Quelqu'un lui a fait une charpenterie.

— Sûr ?

— Et certain. Quatre clous juste au-dessus du genou. Dans les règles de l'art. Le type savait ce qu'il faisait. Il n'a touché ni à l'os ni à l'artère fémorale.

— Il vous a dit qui c'était ? C'est lié au bonneteau ?

— On lui a pas encore demandé.

— Alors allez-y et tenez-moi au courant.

Il raccrocha.

Bobby remit son portable dans sa poche et alla chercher son arme dans la fourgonnette. Bobby resta sur place, fixant le Russe. Il haussa les épaules comme pour dire : désolé, l'ami, c'est la vie.

Bobby revint en vissant le silencieux sur son canon. Elle arma et explosa le pied valide du Russe. Au bout d'un moment, celui-ci ayant cessé d'émettre des bruits pitoyables et se tenant suffisamment tranquille pour envisager une conversation raisonnable, Bobby lui retira son bâillon.

— Dis-nous qui t'a planté ces clous et je te jure que mon épouse ne te tirera plus dessus.

Comme une heure plus tôt avec Coveiro, le Russe déballa tout d'un seul coup, malgré la douleur et les nausées. Il ne quittait pas des yeux Bobby, dont l'arme rehaussait l'harmonieuse courbure de la hanche. Normal, c'était perturbant chez une femme aux traits aussi délicats. Il leur raconta tout ce qu'il savait sur le vieux.

— Aucune idée de comment il s'appelle, dit-il, mais je sais où il travaille. C'est le fossoyeur de Balanegra. On s'est parlé cet après-midi, pendant l'enterrement de León de Miguel. J'avais ordre de retourner au cimetière cette nuit, apparemment le vieux nous a vus, il est persuadé qu'on a enlevé son neveu. Je sais pas ce qui s'est passé dans le cimetière, mon rôle consistait seulement à les accompagner sur place. C'est tout, je le jure.

Pour la première fois, le Russe craqua, il laissa tomber sa tête en avant et se mit à pleurer, hoqueter, renifler. Je comprends pas de quoi vous m'accusez, je veux pas mourir !

Il répéta qu'il ne voulait pas mourir.

— Du calme, c'est fini, dit Bobby toujours accroupi. Une promesse est une promesse. Elle ne te tirera plus dessus.

Il se releva, remit le bas de son pantalon en place et dit à son épouse :

— Je lui ai promis que tu ne lui tirerais pas dessus. Mais vu qu'il y a de l'eau… j'ai pensé qu'on pourrait tenter un Jacques Cousteau.

— Alors, au boulot !

Il était cinq heures passées lorsqu'ils desserrèrent le frein à main pour pousser la voiture dans le bourbier. Que le Russe fût toujours attaché au pare-chocs ne simplifiait pas la tâche. Bien décidé à rester en vie, celui-ci se démenait comme un beau diable pour essayer de freiner avec ce qui lui restait de talons.

Dès que la Torino se mit à patiner, son poids l'entraîna irrémédiablement vers la fange. La charpie qui lui servait de pieds fut engloutie en dernier.

La lune était proche de l'horizon, Bobby regagna la fourgonnette en fredonnant du Eagles. Il avait la mélodie dans la tête. Il pensait au Russe, à sa voiture, au froid au fond du bourbier.

— Aucun doute là-dessus, dit-il, il y a pire comme enfer que l'hôtel California !

La carte de l'Inde

Mettons quatorze ou quinze kilomètres, pas plus. Vingt-cinq minutes, une demi-heure. Un peu plus si c'est Coveiro qui conduit. Sans compter que des picotements insistants l'ont obligé à faire une pause à la sortie de la 101 pour vider sa vessie. Eh ben dis donc, se dit-il. Tout ça pour ça. Au bout du suspense, un pauvre filet intermittent. Les jambes bien écartées pour ne pas éclabousser ses bottes. La dernière goutte, un juron entre les dents et la braguette refermée. Il jeta un coup d'œil à l'écriteau en bois, une queue de renard pelée et crasseuse se balançait au bout. La lune se détachait au-dessus des terres desséchées tandis que les nuages qui avaient gagné du terrain toute la nuit laissaient apercevoir le ciel noir, sans étoiles ni profondeur. Avant de se remettre en route, Coveiro prit un cigarillo dans sa gibecière et l'alluma. L'air grave, il contempla sa main qui tremblotait et la flamme chancelante du briquet. Il n'y avait pas le moindre courant d'air, et pourtant les ombres dansaient dans la camionnette. En son for intérieur, il demanda à la flamme de se tenir tranquille. Pas pour toujours, juste un instant.

Raté.

Il rangea son briquet et démarra. Il suivit les ornières du chemin, toujours plus loin des lumières de la route. Dans sa tête, c'était comme une carte de l'Inde. Facile à lire : ça c'est un fleuve, ça c'est New Delhi, ça c'est un massif montagneux et ça les courbes qui marquent l'altitude par rapport au niveau de la mer. Facile, pas vrai ? Oui, pour autant qu'on sache exactement où se situer sur la carte. Or ce n'était pas son cas, et, dans le film qu'il était en train de se faire, il se torchait avec la carte de l'Inde et poursuivait son chemin.

T'es en plein délire, vieux machin, se dit-il.

Il essaya de se concentrer.

Qu'est-ce qu'il savait ?

Il savait que des types qui se faisaient appeler « les Tapia » s'étaient rendus au cimetière et avaient enlevé Marco. Y étaient-ils allés exprès ou étaient-ils tombés sur lui par hasard ? Coveiro ne savait pas. Quoi qu'il en soit, ils l'avaient emmené. Ils l'avaient jeté à l'arrière de leur pick-up. Parce que c'était son neveu ? Quelle question débile, putain. Comment aurait-il pu en être autrement ? Pourtant, il n'arrivait pas à chasser les doutes. Pour tout dire, ce qui était arrivé ne collait pas. Il y réfléchit encore un peu. Rien. Il repensa à l'après-midi, à la famille de Miguel et aux questions du Russe. Vous ne les connaissez pas ? Non. Vous ne regardez pas les infos ? Non. Le matin, l'employé de mairie avait seulement parlé d'un enterrement, allez savoir, des gens importants. La mère avait dit au curé d'arrêter son laïus et l'avait viré, elle semblait pressée d'en finir. Après, Marco les avait accompagnés. Elle voulait savoir où étaient enterrés… Qui déjà ? Son père ? Sa mère ? Ses grands-parents ? Toujours est-il que Coveiro avait perdu son neveu de vue le temps de combler la fosse. Est-ce que Marco les avait laissés seuls ou est-ce qu'il était resté près d'eux ? Et s'il avait entendu quelque chose qu'il n'aurait pas dû ? Coveiro n'y avait pas attaché d'importance, il n'avait pas interrogé son neveu.

Des questions sans réponses plein la tête, il était en train de se dire qu'il avait dû rater l'embranchement lorsqu'il arriva au bord du ravin. En bas, les pâles lueurs de la *Sala Rociera*. Il coupa le contact, sa camionnette hoqueta deux fois avant de s'éteindre. Sur le terre-plein, il compta quatre véhicules qu'il n'avait jamais vus et la moto de celui qu'il venait chercher. Il rangea le canon scié sous son siège et préféra emporter le Beretta. Le bout du cigarillo au coin des lèvres, les yeux plissés à cause de la fumée, il libéra le chargeur. Après avoir vérifié qu'il était plein, il le remit en place et descendit de voiture.

Le Russe s'était comporté comme un homme, c'est pourquoi Coveiro, avant de quitter le bourbier, avait pris son paquet de cigarettes dans la poche de sa chemise, en avait allumé deux et enfoncé une entre les lèvres sèches du policier. Il lui avait demandé d'où venait le surnom de Double Mickey, cet avorton qui lui avait fait l'effet d'être à la ramasse la seule fois qu'il l'avait vu. Son vrai nom, c'est Miguel de Miguel, donc ça pourrait coller, mais en réalité ça vient d'une copine qu'il a eue, à une époque. Lui s'imagine que c'est parce qu'il en a une grosse. Mais, d'après la fille, c'est parce qu'il a des jours où ça va et des jours où il est complètement à l'ouest. Il est pas tout seul dans sa tête, quoi.

N'était le scotch aux poignets du Russe, son pied explosé et les clous dans sa cuisse, on aurait cru deux amis qui papotaient. Après, le flic avait demandé à Coveiro s'il allait le tuer. Peut-être une autre fois, avait répondu celui-ci, et il était parti.

Bon, Double Mickey, on va voir si tu es dans un bon jour.

Sur ces pensées, il verrouilla la camionnette et enfonça le pistolet à l'arrière de son pantalon, sous les plis de sa chemise. Il écrasa sous sa botte le mégot de son cigarillo et descendit à travers les arbres en direction de la *Sala Rociera*.

Dans son dos, ombre parmi les ombres, un Bolivien trapu le suivait avec curiosité, machette en main.

Le doute est permis II

N'empêche, la nuit c'est fait pour dormir. Tout le monde sait ça. Le manque de sommeil, c'est pas bon pour les affaires. Non, pas bon du tout. On a les idées qui s'emmêlent, les soupçons se transforment en vérités absolues et on en oublie de mettre les formes. Putain, même cette salope prétentieuse à talons hauts devrait savoir ça, se dit Dudas Franco en se mouillant le visage dans le lavabo de la salle de bains. À chaque instant, il passait la main sous sa chemise et caressait distraitement la cicatrice de sa blessure par balle à l'épaule, c'était mauvais signe. Rubí de Miguel l'avait fait sortir de ses gonds, chose qu'il ne pouvait pas se permettre.

Professionnel avant tout.

Voilà ce qui s'était passé.

Après le coup de fil des Bobby, Dudas Franco avait compris que quelque chose clochait. Un nouveau joueur dans la partie, un professionnel. Le Russe – Dieu ait son âme – avait eu droit à une charpenterie. Aussi diplomatiquement que possible, il avait bien fallu mettre Rubí au courant.

— Je crois qu'il est temps de lâcher vos putains de cartes

et de me dire tout ce que vous savez sur le fossoyeur et son neveu.

Il devait s'assurer au plus vite que Rubí ne savait rien du tout. Il avait suffi pour cela que, dans un rugissement, elle lui jette le paquet à la tête et hurle, tandis que les cartes retombaient tout autour comme des papillons morts, que personne n'avait le droit de lui dire quoi faire ou ne pas faire, et qu'il n'était qu'un pauvre pédant et un débile mental avec son café.

Oui, après une telle scène, il ne faisait plus aucun doute que Rubí n'était au courant de rien, surtout pas d'un neveu ni de Dieu sait quoi. Une fois le calme revenu, Dudas Franco s'était excusé : je me suis peut-être mal exprimé, avait-il dit, mais le doute était permis. Avant que les Bobby lui fassent son affaire, le Russe leur avait déballé tout ce qu'il savait. Le fossoyeur avait vu les Tapia quitter le cimetière et, apparemment, ils avaient enlevé son neveu. À première vue, il était à sa recherche.

— Les Tapia ne m'en ont pas parlé. Pas le moindre incident, avait dit Rubí de Miguel, un peu plus détendue, en sortant un nouveau paquet de cartes du tiroir de son bureau. Désolée d'avoir perdu mon calme, avait-elle ajouté en déchirant l'emballage en cellophane du bout de son ongle. Mais c'est l'avenir de mon fils León qui est en jeu.

En résumé, voilà donc ce qui s'était passé.

Le Duc sortit de la salle de bains pour aller se préparer un café bien serré à la cuisine. Il revint dans le bureau de Rubí avec une tasse dont les volutes de fumée se dissipaient en tourbillonnant. Rubí parlait toute seule, il crut l'entendre demander un valet et un as. Il fit comme si de rien n'était et se laissa tomber dans le fauteuil à oreilles pour attendre des nouvelles. Il ne lui semblait pas que le nouveau joueur représentait un véritable risque pour le bonneteau en cours. Tout était sous contrôle. Juste un détail à régler dont il s'occuperait en temps voulu. Mais c'était suffisant, en plus de madame la Reine de cœur, pour lui refiler une migraine tenace. Il ferma les yeux et fit de son mieux pour se détendre en humant son café.

Impossible.

Le fossoyeur du village cherche son neveu ?

Quel neveu ?

Est-ce qu'on voit que mon dentier ne tient pas bien ?

Un professionnel ?

Un détail à régler ?

Un débile mental avec mon café ?

Des doutes plus ou moins permis qui faisaient qu'il gardait en permanence la main sous sa chemise. À caresser distraitement cette vieille cicatrice toute douce. Un souvenir en forme de blessure par balle à l'épaule.

Chuli, Pai et Cabra

Ils avaient bien un nom de famille sur leur carte d'identité, pour quand la police les arrêtait ou qu'ils devaient pointer au commissariat. Mais à la *Sala Rociera*, tout le monde les appelait Chuli, Pai et Cabra. Ils s'occupaient du ménage, du bar et de la sécurité des filles qui logeaient à l'étage.

Chuli, voix de crécelle et chapeau tolédan, annonça qu'il allait mettre un peu de musique, pas fort, pour ne pas réveiller les filles. Cabra mit la main sur le trou dans sa gorge et, d'une voix rauque, dit que c'était une putain de bonne idée. Pai ne disait rien : le porcelet dans les bras, il observait la scène, les yeux brillants et le sourire torve.

Double Mickey tenait la batte à une main et mit l'index de l'autre contre sa tempe, pour bien faire comprendre au vieux qu'il lui manquait une case. Sur sa poitrine nue était tatoué un type à cheveux longs. Il était si mal dessiné qu'on aurait aussi bien pu le prendre pour le Che, Jésus-Christ ou un rockeur quelconque. À en croire Double Mickey, c'était Camarón, le chanteur de flamenco. À vrai dire, lui-même n'en était pas sûr. Un matin, entre autres problèmes, Double

Mickey s'était réveillé dans un motel avec cette tronche tatouée sur le torse. Ça aurait pu être pire. La veille, il avait pris une telle cuite qu'il ne se rappelait rien du tout.

À peine le seuil franchi, Coveiro s'était fait désarmer. Il était entré et avait pointé son Beretta sur les types plongés dans leur partie de poker. Au moment où il allait ouvrir la bouche, il avait senti le tranchant d'une machette contre sa jugulaire. Pose ça. Ce n'est qu'en entendant son pistolet tomber par terre avec fracas que les joueurs avaient compris ce qui se passait.

Ils avaient fait mettre le vieux à genoux.

Dans cette position, le seul que Coveiro n'avait pas dans son champ de vision était le type à la machette. Et, sans aucun doute, le Sud-Américain était le plus dangereux. Coveiro supposait qu'il se tenait quelque part dans son dos, dans l'angle mort entre le bar et lui. Il n'essaya pas de se retourner pour voir. Il ne voulait faire aucun geste brusque, de toute évidence ce Double Mickey avait quelque chose qui ne tournait pas rond, la situation le rendait euphorique.

— La Cebolla, ça vous va ? demanda Chuli de sa voix flûtée.

— Qu'est-ce qu'on en a à foutre ? répondit Cabra d'une voix caverneuse.

Il choisit « *Mi locura* ».

... je perds la teuté
J'voudrais l'avoir à mes côtés...

Double Mickey fredonnait et se dandinait en rythme, sa batte brandie à deux mains. Il y mettait du cœur et donnait l'impression de pouvoir éclater la tête du vieux à tout moment. Bouche ouverte, la mâchoire en roue libre et les yeux aussi noirs que ceux d'un poisson mort. Emportés par la musique, Chuli et Cabra se mirent à battre la mesure. Quant à Pai, il caressait le dos du petit cochon et observait la scène en silence.

La musique s'interrompit brusquement, Chuli et Cabra arrêtèrent de taper des mains et, pendant quelques secondes, on n'entendit plus que Double Mickey qui fredonnait difficilement. Tous se retournèrent vers Tato Morales. Il tenait encore le câble. Comme il ne comprenait rien aux ordinateurs ni aux tables de mixage, il avait tout simplement débranché.

— On peut savoir ce que tu fais, connard d'Indien ?

— Mon travail, patron, mon travail.

Double Mickey se retourna vers Chuli.

— Remets le son.

Chuli fit deux pas en direction du Bolivien. Celui-ci attrapa la machette dans son dos, sans la sortir de son fourreau.

— Pas un pas de plus, dit-il.

Il n'avait pas l'intention de faire de mal aux amis du patron mais, si les choses tournaient au vinaigre, il était capable de leur faire pisser du sang pendant une semaine.

— Connard d'Indien ! cria Double Mickey, dont la voix partit dans les aigus.

— À vos ordres, patron.

— On peut savoir pourquoi tu gâches la fête? demanda-t-il sur un ton plus conciliant, en baissant la voix. Je voudrais juste éclater ce vieux à coups de batte. C'est trop demander, putain ?

— Vous pouvez, mais pas ici.

— C'est moi qui te paie ! Tu m'entends, connard d'Indien ? C'est moi qui décide où je donne des coups de batte !

— C'est votre mère qui me rémunère, patron. Pas pour surveiller ce cabaret, mais pour vous éviter les ennuis. Maintenant, dites à l'un de vos amis d'aller chercher la corde dans le coffre de mon auto.

Tato Morales ficela Coveiro comme un saucisson et le jeta sans le moindre effort à l'arrière de sa camionnette, qu'il avait repérée en haut de la côte, un peu après le ravin. Revenu chercher deux bidons d'essence pour les déposer à côté du vieux, il leur dit :

— Reprenez où vous en étiez, je reviens tout de suite.

Déprimé, Double Mickey décida de ne pas l'accompagner. Il n'avait plus envie d'exploser la tête de qui que ce soit à coups de batte. Il m'a coupé dans mon élan, ce connard d'Indien, dit-il. Je crois que je vais y aller, je monte voir Daniela. Aussitôt dit, aussitôt fait, il tituba jusqu'en haut de l'escalier, direction les chambres.

Quant à Chuli, Pai et Cabra, ils attrapèrent une bouteille de rhum Cacique et trois verres avant de se rasseoir à table. Ils se partagèrent l'argent et les jetons de Double Mickey et reprirent la partie. C'est vraiment rien qu'une petite merde, dit Cabra de sa voix rauque, la main sur le trou dans sa gorge pour que l'air ne s'échappe pas. Tu m'étonnes, renchérit Chuli, il a suffi de parler de sa mère pour qu'il se pisse dessus. Pai, le cochon endormi sur les genoux, ne dit rien, il se contentait d'observer.

Lumière d'ambiance

Son petit oiseau n'était plus qu'une excroissance suspecte.

Affligée.

Triste.

Tête basse.

À cause des médicaments, Double Mickey ne bandait plus. Les joints, la coke et l'alcool n'aidaient pas non plus. Alors il préférait utiliser ses dents, sa ceinture, voire un petit coupe-ongles qu'il avait toujours dans la poche arrière de son jean.

L'étage de la *Sala Rociera* consistait en un long couloir couvert de moquette bordeaux, avec trois chambres de chaque côté et une salle de bains que les filles se partageaient, au bout. Dans l'obscurité, Double Mickey longeait les murs à tâtons. Lorsqu'il toucha le bois de la dernière porte à droite, il tourna la poignée, se faufila à l'intérieur et referma sans bruit. Les filles n'avaient pas le droit de s'enfermer.

Près de la porte, deux interrupteurs : celui de gauche pour la lumière normale et celui de droite pour la lumière d'ambiance. Lorsqu'il appuya sur celui de droite, une lumière rouge envahit la chambre. Au bout de câbles dénudés, deux ampoules pendaient du plafond. Une normale et l'autre rouge, avec une légère couche de poussière sur les deux. Des barreaux aux fenêtres, d'épais rideaux de plastique grenat, et pour tout mobilier une armoire rustique à deux portes et un lit double avec une table de chevet de chaque côté.

Daniela dormait dans une nuisette qui laissait son dos nu. Les genoux remontés contre la poitrine, elle serrait son oreiller dans ses bras. Le couvre-lit à ses pieds et le drap à la taille ; la lumière d'ambiance atténuait les taches sur la literie et les hématomes sur sa peau.

Double Mickey posa son coupe-ongles sur une des tables de chevet, enleva ses chaussures, retira sa ceinture et envoya son jean bouler d'un coup de pied. En chaussettes et caleçon à petits cœurs, la ceinture à la main, il dit à voix basse que l'heure était venue de se réveiller.

À qui parlait-il ?

À sa bite, bien sûr.

Mais son petit oiseau, là en bas, pas moyen, il ne voulait pas montrer le bout de son bec.

Double Mickey s'avança doucement vers le lit, comme s'il voulait respecter le repos de son occupante. Comme s'il en était amoureux. Il rigolait sous cape, sa folie intériorisée. En grimaçant, toutes canines dehors, il approcha son museau de l'oreille de Daniela et, les mains en porte-voix, hurla en allongeant les mots :

— Au boulot, salope !

Des gens de la partie

À des kilomètres de ce boui-boui, Tato Morales roulait en direction d'une décharge sauvage. Il ramassa le fusil à canon scié et le posa sur le siège passager.

— Bonne pétoire, vous l'avez arrangée vous-même ?

Étendu à l'arrière, Coveiro se tortilla pour s'asseoir le dos contre la paroi. À chaque cahot, il ressentait comme un coup de pied dans les reins. Le Bolivien lui avait ligoté tout le haut du corps. Mais sa bouche était libre, et ses jambes aussi afin qu'il puisse marcher tout seul à leur arrivée.

— Oui, dit-il.

Tato Morales hocha la tête d'un air satisfait.

— Vous n'aviez pas dit un mot depuis votre arrivée.

— Personne ne m'a posé de questions, répondit Coveiro.

— Moi, je vous en poserai, avant d'en finir.

— C'est de bonne guerre.

— Vous permettez que je fume ? demanda-t-il en sortant une cigarette. Après tout, c'est votre voiture, mon vieux.

— Allez-y.

Ils ne dirent plus rien jusqu'à la décharge. Tato Morales zigzagua entre les appareils électroménagers rouillés, les morceaux de meubles en formica et les sacs en plastique de différentes tailles et différentes couleurs. Arrivé dans un espace dégagé entre les ordures, il stoppa la camionnette et, avant de descendre, se retourna vers Coveiro, le visage entre les appuie-tête.

— Vous êtes de la partie, ou vous l'avez été, ça se voit, dit le Bolivien avec respect. Je ne dis pas ça à la légère. Il va falloir que je voie ce que vous avez dans le ventre.

Tato Morales descendit et, sans prendre la peine de fermer, alla se planter devant les portières arrière. À l'intérieur, le vieux dut se déplacer ou en tout cas gigoter ; une ou deux secousses agitèrent les suspensions et le coffre tangua d'un côté à l'autre tandis que quelques coups résonnaient contre la tôle. Le Bolivien alluma une cigarette, tourna les poignées et recula d'un ou deux pas, au cas où le vieux tenterait quelque chose. Au contraire, celui-ci avait reculé pour aller se blottir au coin du siège. Qu'est-ce que ça veut dire ? se demanda le Bolivien. Il l'avait pris pour un pro, quelqu'un de la partie, le genre à savoir quand résister n'avait plus de sens. Si ça se trouve, ce n'était rien qu'un vieux gâteux.

— Vous descendez tout de suite, grand-père, ou alors il faut que je vienne vous chercher ?

Silence.

— Comme vous voudrez.

Il sortit la machette de son fourreau, posa le pied sur le marchepied et entra dans l'obscurité. Deux secondes plus tard, une détonation retentissait et le Bolivien était projeté dehors, plié en deux. Dans l'habitacle métallique, la décharge du canon scié résonna comme le tonnerre dans la nuit.

Le corps désarticulé, Tato Morales resta à fixer le ciel noir tout en essayant de retenir ses tripes, sans grand succès. Coveiro descendit en boitant. La bouche du fusil en avant. L'odeur de poudre et les volutes de fumée se perdirent dans la nuit. En se massant les reins, il s'approcha du Bolivien. La douleur fusait le long du nerf sciatique, comme une décharge électrique dans la jambe. Je suis trop vieux pour ce genre de choses, se dit-il.

— Je vous ai dit que je vous poserais des questions avant d'en finir, réussit à articuler Tato Morales dans un flot de sang.

— Vous l'avez dit, c'est vrai. Demandez-moi ce que vous voulez.

— Pourquoi ?

— Je cherche mon neveu, c'est personnel.

— Comment… ?

— La corde ? Comment je me suis libéré ?

Tato Morales hocha la tête.

— C'est une longue histoire. C'est un mort du passé qui me l'a appris. Il se faisait appeler « le mage Ramsès ». Autre chose ?

— Qui êtes-vous ? Qui étiez-vous ?

— Vous l'avez dit : quelqu'un de la partie.

Il y avait du respect dans le regard de Tato Morales.

Et sur sa joue gauche, un canon encore chaud.

Un coup de feu qu'il n'entendit même pas, et puis plus rien.

L'histoire du mage Ramsès

Une fois, son chef lui avait posé la question. Au cours d'une réunion informelle, après un contrat, sur une terrasse en bord de mer, devant deux bières. C'est un travail déjà difficile, avait-il dit, pourquoi en rajouter ? Tu trouves le type, tu l'emmènes dans le désert ou dans la forêt, comme tu préfères, tu lui refiles la pelle et tu lui fais creuser sa tombe lui-même.

Il était en train d'observer une femme qui courait sur la plage, suivie par un chien à l'air fatigué, la langue pendante. Elle venait de croiser un couple. Ils étaient pieds nus, se tenaient par la main, leur gosse jouait à éviter les vagues qui venaient mourir sur la rive. Sans détourner le regard, il avait répondu à son chef que creuser lui-même ne le dérangeait pas. Pourquoi ? On leur prend tout, leur vie, ce qu'ils ont été et ce qu'ils pourraient devenir, la possibilité de revoir les êtres qui leur sont chers ou de se promener sur une plage. Inutile de leur prendre aussi leur dignité.

— Là d'où je viens, les gens comme toi, ceux qui creusent des trous pour les autres, on les appelle des *coveiros*, avait dit le chef.

Et malgré la discrétion de rigeur, comme dans n'importe quel autre métier, le bruit avait couru. Des anecdotes racontées par des gros bonnets, un cigare et un verre à la main, après le repas. Ou par des collègues, des gens de la partie. Deux gars dans une voiture au beau milieu de la nuit. Un nom sur une liste et de longues heures à tuer. Ils ont épuisé tous les sujets de conversation depuis longtemps, alors l'un dit à l'autre : tu as entendu parler d'un type qu'on surnomme « Coveiro » ? L'autre répond que non, que ça fait galicien, ou alors portugais ou brésilien. Le premier hausse les épaules, il dit : va savoir, toujours est-il qu'on l'appelle comme ça parce qu'il tient à creuser personnellement les tombes de ses victimes. Putain, faut avoir envie, conclut l'autre.

À presque quarante ans, Coveiro – parce que, à la différence de ses principes, on peut perdre son vrai nom – eut à s'occuper d'un type qui travaillait dans un cirque.

Un certain mage Ramsès.

Une histoire banale. Un amour estival. Le scénario classique, garçon rencontre fille, fille est mariée mais tant pis, garçon et fille prennent leurs cliques et leurs claques et disparaissent. Problème, la situation était insupportable au mari, un banquier gominé et svelte, président du conseil d'administration, et il s'était mis à abuser du xérès. Une fusion à l'horizon. Deux entités financières, le gros poisson mange le petit. Des hommes politiques qui voulaient leur part du gâteau croisaient les doigts pour que tout se passe sans accroc.

Pour résoudre leur problème, ils avaient donc fait appel à Coveiro, et celui-ci était à pied d'œuvre.

C'était un mois de septembre venteux, en 1990. La fille, qui approchait en réalité de la cinquantaine, était déjà retournée chez son mari. Le garçon, un prestidigitateur de seconde zone qui n'avait pas plus de trente ans, se trouvait pieds et poings liés à l'arrière d'un Ducato, en pleine forêt.

Coveiro s'était retroussé les manches et avait commencé à creuser.

Après avoir fini, il avait ouvert les portières arrière du van et… tada! Il n'avait trouvé que la corde abandonnée comme la mue d'un serpent.

Le mage Ramsès s'était fait la malle.

Deux semaines plus tard, Coveiro avait retrouvé le roi de l'évasion dans un motel. Ramsès y était descendu sous le nom de Ravelo, lui seul savait pourquoi, et il faisait son numéro de joli cœur à la patronne, une veuve pas toute jeune et en manque d'amour qui sentait la naphtaline. Cette fois, Coveiro l'avait menotté à la roue de secours avant de le ramener dans les bois.

Devant le trou, le gamin était livide, décomposé, en larmes. Coveiro lui avait dit :

— Écoute, voilà ce que je te propose, tu m'apprends le truc avec les cordes et je ne te ferai pas de mal.

— Promis?

— Parole.

— Bon, alors…, avait expliqué le mage après avoir essuyé ses larmes avec l'avant-bras et s'être mouché bruyamment, c'est le moment où on vous attache qui est important, il faut bien faire attention à la position des coudes et des épaules, comme ça, vous voyez?

— Je vois.

Sa langue s'était déliée, on voyait qu'il savait de quoi il parlait. Celui qui vous attache ne se rend compte de rien, alors on se relâche, la pression diminue, et patati et patata…

— Recommence au début, avec la corde cette fois, je veux voir par moi-même.

Le mage, un peu plus calme et détendu, lui avait montré.

Le truc marchait, il marchait même très bien.

— Une dernière fois, c'est moi qui t'attache, je veux me rendre compte par derrière.

— Après je pourrai m'en aller ?

— Tu t'en iras, promis.

Il s'était ensuivi un silence théâtral. La nuit bien avancée, le murmure de l'orage dans les branches des arbres. Coveiro l'avait ligoté, il s'était placé dans son dos et, comme pour dire que tout allait bien se passer, lui avait tapoté l'épaule avant de lui briser la nuque.

Un éclair avait illuminé la clairière. Comme dans le flash d'un appareil photo, deux ombres noir sur blanc. Le corps sans vie de Ramsès pendait par le cou aux bras de Coveiro.

Ce dernier avait attendu le grondement du tonnerre pour relâcher sa prise et le mage avait glissé mollement au fond du trou.

Comme promis, il était parti, et il n'avait pas eu mal.

Alors, le ciel aussi avait tenu sa promesse, et il s'était mis à pleuvoir.

Tendeurs et cravates

Ils attendaient sur l'escalier du perron de la demeure familiale l'arrivée des Bobby. Six heures du matin tapantes. À l'horizon, des nuages en déroute et la maigre promesse d'un jour nouveau, comme la faible lueur d'un incendie lointain.

Dudas Franco et Rubí de Miguel se faisaient face, ils se dévisagèrent, s'étudièrent de bas en haut ; finalement, il semblait qu'aucun des deux ne mangerait l'autre. Sourires de circonstance.

Dans la tête de Rubí : débile mental avec ton café.

Dans la tête de Dudas : grosse salope de reine de cœur.

Voilà ce qui leur occupait l'esprit, ça et la perspective de bientôt ne plus avoir à se supporter mutuellement, lorsque arriva la fourgonnette LE DUC. SERVICE DE NETTOYAGE EXPRESS. Le conducteur manœuvra afin de se mettre en position pour repartir par l'allée, il coupa le moteur et les occupants descendirent. Ils saluèrent par politesse, Rubí les ignora.

— Où est mon fils ?

Bobby jeta un regard à Bobby, celle-ci interrogea des

yeux Dudas Franco, lequel hocha la tête. Bobby tira sur la poignée de la portière arrière pour laisser apparaître le fauteuil roulant qu'ils venaient d'emprunter aux urgences de l'hôpital. Ils l'avaient attaché avec des tendeurs à la banquette arrière, le frein enclenché. Assis, León de Miguel, pas au mieux de sa forme. On aurait dit, à voir l'état de son costume, le même qu'il portait au cimetière, qu'une voiture lui avait roulé dessus. Malgré les bandages improvisés qui les recouvraient jusqu'aux genoux, les jambes de son pantalon n'arrivaient pas à cacher la protubérance bulbeuse des tibias fracturés. Pour éviter que sa tête ne balance dans les virages, les Bobby lui avaient retiré sa cravate pour la lui passer autour du front et avaient relié l'extrémité à l'une des tiges de l'appuie-tête.

Rubí de Miguel devint toute pâle, elle sentit ses jambes ployer sous elle et dut se rattraper au coin de la porte. Bobby fit mine de la retenir par le coude, mais elle s'esquiva et pointa son doigt dans sa direction pour lui intimer l'ordre de ne pas faire un pas de plus.

Elle finit par se reprendre.

León de Miguel avait toujours un œil au beurre noir. Ses paupières de plus en plus enflées l'empêchaient de voir clairement, il finit par se forcer à les fermer malgré la douleur, et son autre œil papillota dans tous les sens avant de se fixer enfin sur Rubí. Il bavait et souriait comme s'il était bourré d'héroïne.

— Salut, maman, t'en fais pas, je… Je, je, ça va, dit-il juste avant de gonfler les joues et de se vomir dessus.

Une ébauche au fusain

De nuit, la *Sala Rociera* avait fait à Coveiro l'effet d'un tripot de seconde zone. Les week-ends et les jours fériés, avec les lumières, la musique et le va-et-vient des voitures, elle aurait pu passer pour ce qu'elle aspirait à être : un bar à entraîneuses au milieu de nulle part, où la strip-teaseuse de service claquait des talons en robe flamenco et finissait par faire des acrobaties sur une barre de *pole dance*. Aux premières lueurs du jour, tout cela se résumait à un terre-plein entouré de guirlandes d'ampoules de couleurs et de fanions et à une ferme de deux étages délabrée au milieu d'une campagne desséchée.

Coveiro traversa le parking avec son rouleau de corde en bandoulière comme un sac, quelques cartouches dans la poche et son fusil à canon scié dans la main. Il monta les quatre marches qui grincèrent sous son poids et poussa la porte entrouverte du bout de sa botte. À l'intérieur, Chuli farfouillait dans un sac de glaçons, la tête dans la glacière derrière le bar. Pai, couché sur le plancher de bal, observait les fissures au plafond tout en caressant le dos du porcelet comme on pince les cordes d'une guitare. Cabra était renversé sur sa chaise, les jambes croisées sur la table. Ses talons touchaient presque le Beretta qui avait appartenu au Russe. Pour fumer, il posait la main sur le trou dans sa gorge à chaque taffe, puis la soulevait. Il expulsait la plus grande partie de la fumée par la bouche, mais de petites volutes en forme de demi-lune s'échappaient du trou.

Tous trois se tournèrent vers la lumière qui entra soudain par la porte. La silhouette du vieux ressemblait à une ébauche au fusain dans la clarté trouble de l'aube. Coveiro pointa son fusil sur chacun d'eux, l'un après l'autre. N'essayer même pas de bouger, dit-il.

Quatre ou cinq secondes.

— Toi, au comptoir, qu'est-ce que tu as dans les mains ?

— Un sac de glaçons, dit Chuli, la voix encore plus stridente que d'habitude.

— Lève-le doucement, que je le voie.

Cabra se dit que, s'il s'avançait, il pourrait attraper le pistolet, mais à peine s'était-il penché en avant pour se redresser et tendre la main que Coveiro fit quelques pas dans sa direction et lui tira dessus. À cause de l'acoustique de la salle, la détonation résonna comme un bâton de dynamite. À bout portant, la force de l'impact fit reculer Cabra d'un bon mètre et demi, la chaise avec.

Coveiro se retourna immédiatement vers Chuli. Les mains en l'air, celui-ci tremblait de tout son corps, les glaçons tintaient dans le sac. Encore quelques pas, un « attends, par pitié » bafouillé d'une voix de crécelle, et une nouvelle détonation. Chuli finit éparpillé derrière le comptoir.

Pai n'avait pas bougé de l'estrade. Il serrait fort le petit cochon dans ses bras et regardait sans cligner des yeux Coveiro remplacer calmement les cartouches vides dans son fusil.

— Il est où, Double Mickey ?

Sans lâcher le cochon, Pai désigna le plafond.

— Là-haut ? Compris. Il est seul ?

Pai fit non de la tête.

— Parfait ! Et maintenant, lâche ce cochon, dit Coveiro en refermant le fusil d'un mouvement sec du poignet. Il n'y est pour rien.

Pai se pissait dessus, il embrassa le cochon sur le groin et le laissa libre de ses mouvements. L'animal se mit à le renifler entre les jambes et, comme l'odeur n'eut pas l'air de lui plaire, il s'éloigna immédiatement sur le plancher de bal de son petit trot porcin.

Coveiro posa la bouche de son canon scié sous le menton de Pai et appuya sur la détente. Il cassa à nouveau l'arme pour remplacer la cartouche et grimpa l'escalier qui menait au premier étage.

Ses mains tremblaient, il avait mal aux reins et, comme de bien entendu, des picotements dans la vessie lui annonçaient que le moment de la vider approchait. Il se retenait à la balustrade, c'est pourquoi il ne tomba pas à la renverse quand quelqu'un lui rentra dedans. Il fut à deux doigts de tirer sur la femme. S'il ne l'avait pas retenue par les cheveux, elle se serait enfuie dans l'escalier. Toute décoiffée, l'air ensommeillée, en nuisette d'été et baskets sans chaussettes.

— Chut, tais-toi, dit Coveiro en lui enfonçant le canon de son fusil dans l'estomac. Combien de filles ?

— Ça brûle… Juste une.

— Et Double Mickey ? demanda-t-il en éloignant le canon de quelques centimètres.

— Avec Daniela, dernière porte à droite.

— Ils sont dans le couloir ? Ils m'attendent ?

— Cette petite bite doit être complètement défoncé, il ne réagirait pas même si la maison lui tombait dessus. Daniela a dû entendre les coups de feu mais, s'il a passé la nuit avec elle, j'imagine qu'elle n'est même pas en état de marcher.

— Bon, je vais te lâcher. Tu files d'ici et tu ne préviens personne, compris ?

— Compris.

— Prends la voiture que tu voudras. Sauf la camionnette. C'est la mienne. On est d'accord ?

— On est d'accord.

— Ah, une dernière chose. Où sont les toilettes ?

Ce qui se passe à Vegas…

Il n'y avait pas un mois que Daniela vivait en ville lorsqu'elle avait rencontré Double Mickey. C'était deux ans plus tôt, peut-être trois, elle avait perdu le compte. Entre la baise, les amphètes et les raclées, la plupart du temps elle ne savait même pas quel jour on était, alors se rappeler quand elle avait rencontré son mari… La *Sala Rociera* n'ouvrait que le week-end, de sorte que les lumières multicolores du parking lui tenaient lieu de calendrier.

À leur rencontre, elle venait à peine de débarquer de son village et lui était clean et plus ou moins stable. Après un énième passage en clinique, il suivait scrupuleusement un traitement sur mesure. Devant ses acolytes, il expliquait que la camisole de force n'était pas assortie à ses bottes, alors très peu pour lui. Mais, en réalité, il avait peur de finir par perdre complètement la boule et de retourner dans un asile d'aliénés pour ne plus jamais en sortir.

Et pourtant, sa mère l'avait prévenue : non, ma fille, non, il faut pas se laisser aveugler par les lumières de la ville, c'est plein de fous dangereux. À ton âge, on croit tout savoir, mais c'est loin d'être le cas, et regarde-moi quand je te parle.

Daniela, la valise à la main, avait répondu qu'elle chercherait un job et prendrait des cours de danse. Tu vois ces dents ? Eh ben avec, je vais croquer le monde !

Désormais, il lui manquait une des canines du haut, la faute à la boucle de la ceinture de Double Mickey. Elle s'en fichait, on ne voyait le trou que si elle souriait.

Au début, elle l'avait trouvé marrant, plutôt impulsif et un peu dingue, mais marrant. De bonne famille. Sacrée baraque, avait-elle pensé lorsqu'ils avaient débarqué à moto pour le dîner de Noël. Ils ne sortaient ensemble que depuis trois semaines. C'est pas un peu précipité ? T'en fais pas, avait dit Double Mickey en lui claquant les fesses, t'es ma meuf ou t'es pas ma meuf ? Je sais pas… Je le suis ?

León, le frère, souriait à pleines dents. Oh, mais elle est toute jeune, avait-il dit. Tu es mineure ? Rires. J'ai dix-neuf ans mais je suis bien conservée. La mère, Rubí, n'avait presque rien dit, elle ne lâchait pas la bouteille de vin blanc. Daniela n'avait pas remarqué lorsqu'elle avait pris son fils entre quatre yeux dans la cuisine.

— J'aime pas que tu ramènes des putes à la maison, encore moins pour Noël.

— Maman, Daniela n'est pas une pute.

— Pas encore.

Daniela avait passé une bonne soirée, elle avait un peu trop bu, le frère était gentil et drôle.

— Tu es sûre que tu n'es pas mineure ?

— Ha ! ha ! ha ! Sûre et certaine.

— Bon.

Après le jour de l'An, Double Mickey avait débarqué avec deux billets d'avion et les yeux qui brillaient étrangement.

T'es ma meuf ou t'es pas ma meuf? T'es sûr que ça va? T'as l'air bizarre. Réponds-moi. Oui, je suis ta meuf. Super, avait-il dit, tu vas avoir une sacrée surprise!

Le soir même, vol en première pour Las Vegas.

Cinq jours, quatre nuits. *All inclusive.* Une chimère de lumières au beau milieu du désert. Double Mickey était dans son élément. C'est l'antichambre du paradis, il disait. Casinos, spectacles, dîners et alcool, et même un plan à trois avec une brune canon qui chantait en justaucorps et se révéla être un travesti.

Avec six mille euros de dépenses par jour, sa mère allait le tuer quand elle verrait l'addition, mais Double Mickey conduisait une décapotable déguisé en Elvis, il n'en avait rien à foutre.

Tiens, prends-en une. C'est quoi? C'est comme d'apprendre à voler. D'acc, donne-m'en une, avait dit Daniela.

Avant l'aube, ils s'étaient mariés dans une chapelle des environs. Un énorme chauve avait présidé la cérémonie, il portait des lunettes à monture dorée, un costume croisé rose et des chaussons blancs.

C'était dingue.

L'avion du retour avait à peine atterri que les choses avaient commencé à se corser. On va vivre où? Quoi? Je te demande où on va vivre. Pourquoi? On est mariés, tu te rappelles? Mariés? Tu me fais flipper, Double M.

Le jour où Double Mickey s'était aperçu qu'il ne bandait plus et qu'il l'avait rouée de coups de ceinturon avant d'appeler quelques potes pour l'emmener à la *Sala Rociera* dans le coffre d'une voiture, Daniela avait vraiment su ce que flipper veut dire. Toi qui espérais apprendre à danser, ici tu vas apprendre, et aussi à faire bander comme il faut, lui avait dit Double Mickey.

C'était deux ou trois ans plus tôt.

Désormais, elle ne savait pas quel jour on était. Elle ne le savait jamais.

Même, elle se demandait parfois si tout était vrai ou si ce n'était qu'un rêve. Pour s'en assurer, elle retirait le premier tiroir de sa table de chevet et vérifiait si l'enveloppe était toujours soigneusement collée dessous. Elle renfermait un certificat qui prouvait qu'elle avait épousé un monstre à Las Vegas.

Coveiro trouva Daniela roulée en boule au pied du lit, une lèvre fendue et le bas du dos couvert de traces de coups de pied. Nue, la ceinture de Double Mickey nouée autour du cou comme la laisse d'un chien et deux pansements en croix sur son téton droit.

Elle n'aurait pas su dire si l'homme qui venait d'entrer était réel. Elle le lui demanda. Tu existes vraiment ?

Il tenait un rouleau de corde dans une main et une arme dans l'autre.

Il la regardait sans répondre.

Si ça se trouve, pensa-t-elle, il n'existe pas.

De vieilles connaissances

Les Bobby sortirent León de Miguel de la fourgonnette à bout de bras, ils l'emmenèrent à l'intérieur de la maison et le déshabillèrent pour le mettre dans la baignoire. Malgré l'urgence, ils le rendirent aussi présentable que possible. Pour finir, ils lui firent enfiler un vieux survêtement gris de l'Union soviétique que Rubí ne se rappelait pas avoir déjà vu. Elle l'avait dégoté dans un des placards de la chambre que León utilisait les rares fois où, pour une raison ou une autre, il venait passer la nuit ici. Trouver la clé n'avait pas été facile. Tout le personnel, y compris les agents de sécurité, avait quartier libre jusqu'au lendemain midi. Après, Bobby stationna la fourgonnette près des garages et lava l'intérieur du coffre au jet d'eau.

Dudas Franco consulta sa montre.

Ils étaient dans les temps, l'avion décollait dans trois heures. Pour ne pas rester dans leurs pattes, il alla se préparer son troisième ou quatrième café – il avait perdu le compte – de la nuit dans la cuisine, il connaissait le chemin. Il revint sous le porche avec sa tasse fumante, mais il n'eut pas le loisir d'y goûter : il remarqua immédiatement que quelque chose clochait. À l'exception de León de Miguel dont les yeux papillotaient toujours, les trois autres regardaient dans sa direction. Et ça devait être grave, parce que même Rubí, qui n'avait pas arrêté de grommeler toutes sortes d'insultes depuis qu'elle avait vu dans quel état on lui ramenait son fils, le dévisageait, son portable à la main.

— Je viens de recevoir un appel, dit-elle.

— De qui ?

— Il a mon fils.

— Qui a appelé ?

— Il n'a pas dit son nom, seulement qu'il rappellerait dans cinq minutes.

Silence.

— C'est tout ce que vous avez à dire ? demanda Rubí.

— Qu'est-ce que vous voulez que je dise ? répondit le Duc. Il faut attendre qu'il rappelle, non ?

Les Bobby échangèrent un regard, sourcils levés, sourire complice. Dudas Franco souffla sur son café et en but une gorgée en faisant attention à ne pas se brûler, il commençait vraiment à en avoir marre du ton que cette bonne femme employait avec lui. Rubí de Miguel, les mains sur les poignées de la chaise roulante, haletait et tordait le cou en répétant comme un mantra :

— Déconne pas, mon p'tit Dieu, déconne pas, mon p'tit Dieu, déconne pas, mon p'tit Dieu…

C'est alors que le téléphone sonna.

Appel vidéo.

Dudas Franco consulta à nouveau sa montre, fit non de la tête, posa sa tasse sur le socle d'une des statues de l'allée et arracha le téléphone des mains de Rubí.

— Mais…

— Il n'y a pas de « mais », ça suffit les conneries, dit le Duc en claquant des doigts de sa main libre devant les yeux de León de Miguel, et il ajouta : Bobby, mettez-moi le pédophile dans la fourgonnette et démarrez, on part à l'aéroport.

Et puis, sous le regard de Rubí, qui avait l'air de vouloir l'étrangler sur place, il s'éloigna de quelques pas, s'éclaircit la voix et prit l'appel.

À l'écran, on voyait Double Mickey bâillonné avec un morceau de ruban adhésif, en caleçon et chaussettes, pieds et poings liés et une corde nouée autour du cou. Il se démenait sur ce qui ressemblait, se dit Dudas Franco, au plancher d'un fourgon ou d'une camionnette recouvert de plastique. Toujours est-il que plus il se tortillait, plus le nœud coulant serrait et moins cet imbécile pouvait respirer.

L'image tourna et le visage du vieux fossoyeur apparut à l'écran.

Lui et Le Duc se dévisagèrent un instant, les sourcils froncés. Puis leur expression changea peu à peu. Parce qu'ils s'étaient reconnus, malgré les années et les rides.

— C'est pas possible…, s'exclamèrent-ils en chœur.

Et puis, plus prudemment :

— Coveiro ? C'est bien toi ?

— Dudas… ? Dudas Franco ?

On ne ressoude pas du vieux fer rouillé

Pendant un court instant, où aucun des deux ne sut quoi dire, on entendit le roucoulement des tourterelles sous l'auvent, le gazouillis des moineaux dans les arbres du jardin et une sorte de ronflement en bruit de fond : la plainte rauque et continue de León de Miguel. Dudas Franco passa les doigts sur la cicatrice de sa vieille blessure par balle.

— Je te croyais mort, dit-il.

— C'était l'idée.

Ils prirent leur temps pour choisir leurs mots. Rubí de Miguel s'était glissée dans le dos de Dudas. Elle ne voulait pas perdre une miette de leur conversation.

— Je crois que nous avons un problème. Ou plutôt, tu as un problème.

— C'est à voir, répondit Coveiro.

Le soleil levant patina de clarté la cime des arbres, les garages et le toit mansardé de la maison de famille. Les Bobby finirent de fixer le fauteuil roulant et mirent le moteur en marche.

— Qu'est-ce que tu veux ?

— Mon neveu. Tes hommes l'ont enlevé au cimetière cette nuit.

— C'étaient pas mes hommes, dit le Duc. C'était quelqu'un d'autre, et je ne suis même pas certain qu'ils aient fait du mal à ton neveu.

— Peu importe. Si tu es mêlé à cette affaire, je t'en tiendrai pour responsable.

— Relâche…

Dudas se tourna vers Rubí pour l'interroger d'un léger mouvement de tête.

— Miguel, Miguel de Miguel, dit-elle en apparaissant à l'écran par-dessus l'épaule de Dudas. Touche pas à un cheveu de mon fils, ou je te jure que tu n'auras nulle part où te cacher.

Elle haussa le ton et termina en hurlant :

— Tu m'entends, vieux débris ?!

Dudas Franco reprit le contrôle du téléphone et dirigea la caméra sur son visage.

— Elle est nerveuse, cette dame, dit Coveiro. Dis-lui de se calmer et de revenir à l'écran, j'ai quelque chose à lui montrer.

— Coveiro, ne complique pas les choses.

— Qu'elle revienne, ou je raccroche et je vous le renvoie en petits morceaux dans une boîte.

Dudas Franco passa l'appareil à Rubí.

— Il veut vous parler, alors du calme, s'il vous plaît, dit-il.

À la caméra, Rubí de Miguel vit Coveiro monter à l'arrière de la camionnette et s'accroupir sur le plastique. Le visage de Double Mickey apparut furtivement. Il balbutiait, on aurait dit que ses yeux allaient sortir de leurs orbites. Coveiro posa le portable au sol et Rubí put imaginer au bruit ce qui se passa ensuite. Un bruit guttural étouffé et quelque chose comme une branche qui se casse en deux. Après, les lamentations de quelqu'un qui pleure la bouche fermée. Coveiro braqua de nouveau la caméra sur le visage de Double Mickey. Le bout de son nez pointait vers son oreille gauche et deux petits filets de sang se rejoignaient au niveau du ruban adhésif comme les affluents d'un fleuve.

L'atmosphère devint lourde, Rubí manquait d'air, elle avait les jambes paralysées. Une putain d'adrénaline comme elle n'en avait pas ressenti depuis longtemps. Elle fut prise de picotements dans la nuque, ses lèvres s'étirèrent, fines, dures et noires comme de l'ardoise.

— Toi, toi…

— Réfléchissez bien à ce que vous allez dire.

Il était un homme mort, voilà ce qu'elle voulait lui dire, mais elle plissa les yeux et releva le menton. Pas question qu'elle fasse preuve de faiblesse. Dieu lui avait donné de mauvaises cartes, voilà tout. Elle avait l'habitude de ce genre de main. Elle repassa le téléphone à Dudas Franco et attendit la suite, les bras croisés.

— Tu n'aurais pas dû faire ça. C'était inutile.

— Fin de la conversation, dit Coveiro. Je veux mon neveu. Dans une heure au cimetière. Viens seul. Si tu essaies de me la faire à l'envers, je le tue et je te jure qu'après ce sera ton tour. Et puis la dame, et tous ceux qui auront trempé dans ce merdier.

— Coveiro…

— Quoi ?

— On ne ressoude pas du vieux fer rouillé, tu le sais bien, pas vrai ? dit Dudas Franco.

— C'est une menace ?

— Seulement la triste réalité.

— Dans une heure au cimetière, je ne rappellerai pas, répondit Coveiro avant de couper la communication.

Le Duc rendit son téléphone à Rubí et lui dit de retourner dans la maison.

— Et mon fils ? Et l'aéroport ? J'ai des contacts dans la police. Il faut lui faire sa fête, à ce salaud !

— Vous ne le connaissez pas. Si quelqu'un d'autre que moi s'approche, vous pouvez déjà préparer un autre enterrement, un vrai cette fois. Vous et moi, on est partis sur de mauvaises bases dès le début, je vous demande pardon. Mais maintenant, il faut me faire confiance, rentrez chez vous. On s'en occupe. Mes collaborateurs vont conduire votre fils León à l'aéroport et le mettre dans l'avion, comme promis. Vous, vous n'auriez pas eu le droit de l'accompagner, de toute façon.

— Mais, mais…

— Madame de Miguel, dit Dudas Franco en consultant sa montre, le temps presse. Nous sommes en train de mettre en danger le bonneteau. Dites au revoir à votre fils, nous partons. Bientôt, vous serez contactée par un moyen sécurisé, on vous dira où León se trouve, on vous montrera son nouveau visage et vous pourrez aller le retrouver, ajouta-t-il en montant dans la fourgonnette.

— Et Miguel ?

— Je m'occupe personnellement de lui.

Et il tira sur la porte latérale pour la fermer d'un coup.

Restée seule, Rubí de Miguel regarda la fourgonnette descendre le chemin et disparaître en soulevant des panaches de poussière dans les premiers rayons de soleil annonçant un nouveau jour.

Voir le monde s'embraser dans le rétroviseur

Après tout ce qu'elle avait subi, Daniela arrivait à peine à marcher toute seule. Elle mesurait un mètre soixante et n'avait que la peau sur les os. Après avoir assommé Double Mickey d'un coup de crosse à la tempe, le vieux avait attaché ses pieds et ses mains et l'avait fait rouler hors du lit comme un paquet. Il avait retiré la ceinture du cou de Daniela, laquelle s'était mise hors d'atteinte en baissant la tête comme un chien habitué aux coups. Pour elle, Coveiro représentait une nouvelle menace. On ne pouvait pas le lui reprocher. Le vieux l'avait laissée tranquille un instant pour passer la ceinture au cou de Double Mickey.

— À ta place, je me tiendrais tranquille pour ne pas mourir asphyxié.

Et il se mit aussitôt à tirer l'extrémité. Double Mickey essayait de dire quelque chose : probablement qu'il n'arrive pas à respirer ou une connerie dans le genre, pensa Coveiro. Il faut avouer que sa voix n'était qu'un murmure rauque et que l'ouïe du vieux laissait à désirer. Il le traîna derrière lui le long du couloir et ensuite, sans ménagement, en bas de l'escalier. Daniela l'entendit se cogner aux marches, avant que ne lui parvienne le claquement d'une portière. Elle pria pour que ce type l'oublie, pour que le monde entier l'oublie, mais elle se mit à pleurer en entendant ses pas qui revenaient dans la chambre.

— Allez-vous-en, parvint-elle à dire, le visage caché entre ses genoux. Je ne sais rien, je n'ai pas vu votre visage. Je ne dirai rien.

Coveiro lui demanda si elle avait une valise. Quoi ? Est-ce que tu as une valise ? Mets-y ce dont tu as besoin, on se barre d'ici. Quoi ? On ne va pas y arriver comme ça, se dit-il. Il redescendit et passa derrière le comptoir. Il vit ce qu'il cherchait et enjamba le cadavre, il ne voulait pas marcher dessus. Chuli avait perdu un bout de clavicule et la moitié du visage. Coveiro vida la poubelle par terre et emporta le sac.

Daniela n'avait pas bougé d'un pouce, mais elle ne pleurait plus. Elle l'observait, les yeux gonflés par les larmes. Elle était toujours nue. Coveiro enleva le drap du lit et le lui posa sur les épaules.

— Habille-toi et mets dans ce sac ce que tu veux emporter. Je ne vais te faire aucun mal, mais cet endroit va bientôt cramer, avec ou sans toi à l'intérieur. Je redescends, j'ai quelques questions à poser à notre ami. Tu as un quart d'heure. Fais oui de la tête si tu as compris.

Elle avait compris.

Une fois revenu à la voiture, Coveiro tira sur la ceinture jusqu'à ce que Double Mickey sorte la tête du coffre. Puis il la lui ôta et la jeta près d'eux.

— Tu as vu ce qui est arrivé à tes amis, à l'intérieur ? Oui ou non ? Très bien, alors ça, c'est rien comparé à ce que je vais te faire si tu ne me dis pas où est mon neveu.

Une connexion dut se faire dans la tête de Double Mickey car il ouvrit tout grands les yeux et dit :

— Tu es le fossoyeur, le vieux du cimetière.

Sa voix était presque redevenue normale. Coveiro acquiesça.

— Comment tu veux que je sache où est ton neveu ? D'ailleurs c'est qui ton neveu, putain ? Le gamin taré qui a accompagné ma mère ?

Coveiro attrapa la poignée et claqua la portière dans la tête de Double Mickey. Celui-ci hurla, son crâne était ouvert, le sang coulait.

— Pas taré. Il s'appelle Marco. Si tu le traites encore de taré, je te fracasse le crâne en deux. Maintenant, raconte-moi ce que tu sais une bonne fois pour toutes.

Deux coups de portière dans la tête plus tard, Coveiro était convaincu que Double Mickey ne savait pas grand-chose. Sa mère lui avait demandé de dire au Russe de se mettre aux ordres des Tapia. Coveiro ignorait toujours où se trouvait son neveu, mais au moins, se dit-il, j'ai quelque chose à négocier en échange.

Daniela sortit de la *Sala Rociera* en boitant, le cochon de lait dans les bras et toutes ses affaires, c'est-à-dire pas grand-chose, dans le sac-poubelle. Coveiro lui prit le sac des mains et le jeta à l'arrière, près de Double Mickey ; il sortit les deux bidons d'essence que Tato Morales y avait mis plus tôt dans la nuit et referma les portières arrière. Il demanda à la jeune fille de l'attendre et l'aida à monter à l'avant.

Pour la troisième fois, il se rendit dans la chambre et farfouilla dans les habits éparpillés par terre. Il trouva ce qu'il cherchait, le téléphone portable de Double Mickey, et le mit dans sa poche. Il éteignit les lumières et, comme si rien ne s'était passé, referma la porte en sortant.

C'est à ce moment-là qu'il avait téléphoné à Rubí pour jouer cartes sur table. À son deuxième appel, c'est une vieille connaissance qui avait répondu, quelqu'un surgi du passé. Un type à qui, bien malgré lui, il avait dû un jour mettre une balle dans l'épaule.

Dudas Franco était derrière la disparition de son neveu.

Cette fois, c'était à n'y rien comprendre.

On ne ressoude pas du vieux fer rouillé, voilà ce qu'il avait dit.

Le pire, c'est qu'il avait raison.

Coveiro vida le contenu des deux bidons d'essence au rez-de-chaussée du cabaret, surtout sur les surfaces en bois : les tables, le comptoir, le plancher de bal. Quelques instants plus tard, en arrivant en haut du ravin, un cigarillo à la bouche, il réfléchissait encore à leur dernier coup de fil.

Du coin de l'œil, il vit le monde s'embraser dans le rétroviseur.

Les chaises musicales

— On va d'abord à l'aéroport, boss?

— Non.

— Au cimetière, alors? demanda Bobby.

— Non. À la première cafétéria ouverte que tu trouves, dit Dudas Franco.

Le soleil dissipait les nappes de brume sur la plaine, les cris de douleur énervants de León de Miguel en musique de fond. De temps en temps, il disait quelque chose comme : je sais que vous êtes en train de me sauver la vie, mais franchement, on ne dirait pas. Et il se remettait à gémir ou à piquer une colère à chaque nid-de-poule.

— Je lui remets une petite dose, boss?

— Non.

Ils trouvèrent une cafétéria ouverte 24 heures sur 24, à droite à une sortie d'autoroute. Les fenêtres noires de crasse donnaient sur le parking, les conducteurs et les chauffeurs de poids lourds n'avaient pas l'air de se presser pour y entrer. Attendez-moi, dit Dudas, je reviens tout de suite.

— Qu'est-ce que ce sera?

— Vous avez du café de civette?

— On a du café normal et du décaféiné. Et on n'a pas non plus de laits bizarres.

Dudas Franco comprenait l'humeur du serveur. Le service de nuit, c'est le pire. Il commanda un café au lait que l'autre lui servit dans un verre à bière et alla s'asseoir à une table près d'une baie vitrée en essayant de ne pas s'ébouillanter. Pendant que le café refroidissait, il téléphona à son supérieur, l'Archiduc.

— Tu sais quelle heure il est ?

— Sept heures du matin passées.

— J'espère pour toi que c'est important.

— C'est important. Quelqu'un va peut-être devoir céder sa chaise…

Dudas Franco raconta à son chef tout ce qui s'était passé depuis l'après-midi de l'avant-veille. Le bonneteau, la liste des personnes à nettoyer et l'irruption d'un nouveau joueur dans la partie, sans mentionner le nom de Coveiro.

— Je prends les choses en main. Qu'est-ce que tu proposes ?

— Vous n'allez pas aimer.

— Je m'en doute. Sinon tu ne m'appellerais pas à cette heure. C'est quoi, ton idée ?

Dudas Franco expliqua à son supérieur ce qu'il avait en tête. Un léger changement de plan. À son avis, le bonneteau était compromis. J'ai besoin de votre autorisation pour jouer aux chaises musicales, dit-il. On ne peut pas s'exposer au grand jour et le nouveau joueur peut nous faire du tort. À l'autre bout de la ligne, on n'entendait qu'un « mmm » de temps en temps et de petits soupirs de consternation. Quelques secondes de silence suivirent l'exposé de Dudas.

— Je ne peux pas te donner mon autorisation comme ça. C'est bien au-dessus de mes attributions. Laisse-moi passer quelques coups de fil. On a du temps ?

— Pas beaucoup.

— Je te rappelle vite, conclut l'Archiduc.

À la fin de l'appel, le café était toujours aussi chaud que s'il venait de sortir des entrailles de l'enfer. Dudas Franco fit un signe de tête au serveur en sortant, celui-ci lui rendit son salut en souriant d'un air mauvais. C'est dur de travailler de nuit, pensa Dudas, ça fait ressortir ce qu'il y a de mauvais en nous.

Son café fumait toujours sur la table. Il n'y avait pas touché.

Un petit vieux prévenant

Sur le chemin de la maison, Coveiro eut le temps de décider ce qu'il allait faire de Daniela. Ils passèrent devant une église et, plus loin, tournèrent autour du rond-point d'accès aux urgences de l'hôpital. Dans les deux cas, Coveiro passa son chemin. À la sortie de la ville, il lui demanda son nom. À l'époque où ses mains ne tremblaient pas et où il ne devait pas s'arrêter à tout bout de champ pour pisser, il l'aurait considérée comme un extra. Il y a des gens qui n'ont pas de chance, c'est tout. Il écrasa le mégot de son cigarillo sur la tôle de la voiture et le vent dispersa les débris de tabac. Quel âge pouvait-elle avoir ? Vingt-deux, vingt-trois, pas beaucoup plus. Elle nageait dans son sweat et son jean était trop grand pour elle. Il tourna en direction de Balanegra. La tête appuyée contre la vitre, Daniela remua légèrement sur son siège. Elle avait mal partout, le porcelet dormait sur ses genoux. Comme si plus rien ne lui importait, elle demanda à Coveiro s'il allait la tuer.

Avec pour décor d'immenses champs séparés par des murets de pierre et les cimes des montagnes où s'accrochaient les premiers rayons du soleil, ils atteignirent le village. Dans la rue principale, commerces fermés, seul le bar de la place était un peu animé. Au bout, Coveiro tourna, prit la montée du cimetière et manœuvra pour garer la camionnette derrière la remise.

— Dors un peu, pour commencer. On verra ensuite, il faut que je mette de l'ordre dans toute cette affaire.

À l'arrière, il prit le sac en plastique qui contenait les affaires de Daniela et dit à Double Mickey qu'il revenait tout de suite. La maison était telle qu'il l'avait laissée. Il y a combien de temps, déjà ? Plus d'une semaine, à en croire son mal de dos et les décharges électriques dans son nerf sciatique ; mais à l'horloge, pas plus de cinq ou six heures. Il conduisit Daniela jusqu'à la chambre de son neveu.

— Tu seras bien ici, dit-il. La salle de bains est au fond du couloir.

— Pourquoi ?

— Pourquoi quoi ?

— Pourquoi vous m'aidez ?

Coveiro l'observa en silence, sans savoir vraiment quoi dire, avant de refermer délicatement la porte. Peut-être bien que je ne suis pas en train de t'aider, peut-être bien que j'ai signé ton arrêt de mort en t'emmenant ici, peut-être qu'on se fera bientôt tous tuer.

Ou peut-être bien que je ne suis qu'un petit vieux prévenant, quelqu'un qui cherche à faire quelque chose de bien au moins une fois dans sa putain de vie.

Qui sait ?

Pour la fin, il faut un costume en sapin

Il se prépara à un possible échange. De personnes ou de coups de feu ? On allait vite le savoir. Il laissa la grille du cimetière ouverte, installa Double Mickey sur une chaise en plastique et se posta derrière lui. Le fusil à canon scié chargé, la double bouche posée sur sa nuque. Double Mickey avait fini par comprendre que plus il se débattait, plus la corde serrait son cou, il avait donc cessé de bouger. Le flot de sang avait séché sur sa tête, ses cheveux tout plats collaient à son crâne. Son nez était toujours tordu vers son oreille gauche, Coveiro avait dû faire un trou dans le ruban adhésif à la pointe de son couteau afin qu'il puisse respirer par la bouche. Sous son bâillon, Double Mickey marmonnait sans arrêt.

En apercevant une camionnette qui ressemblait à la sienne franchir l'entrée du cimetière, Coveiro lui dit :

— Voyons si tu t'en sors indemne.

À une dizaine de mètres, le conducteur coupa le moteur et éteignit les phares. Dudas Franco n'était pas venu seul. Coveiro arma son fusil. Il vit les deux personnes assises à l'avant hocher la tête. Quelqu'un devait être en train de leur donner des instructions depuis la banquette arrière. Ils levèrent alors les mains pour que Coveiro puisse bien les voir à travers le pare-brise. La porte latérale s'ouvrit.

Une voix en sortit, étouffée par la carrosserie.

— Je vais descendre, je n'ai pas d'arme.

— Vous ne devriez pas, boss, dit Bobby entre ses dents.

Son pistolet, silencieux vissé, reposait sur ses genoux.

— Il est à ma portée, bon sang, c'est rien qu'un vieillard.

Le Duc fit la sourde oreille et descendit de la fourgonnette.

— Pas un pas de plus, dit Coveiro.

— J'ai assisté à ton enterrement, après l'incendie du Windsor.

— C'était comment ?

— Tu n'as rien perdu, on ne peut pas dire qu'il y avait foule. Le curé, le type avec sa pelle et moi.

— Je t'avais clairement dit de venir seul.

— Tu sais bien que c'est impossible, dit Dudas Franco. Tu sais qui c'est ? ajouta-t-il en désignant les Bobby.

— Non.

— Toi et moi quand on était jeunes. Enfin, eux ils sont mari et femme, mais fondamentalement, c'est toi et moi. Le même job.

— Laisse-moi deviner : le Duc, c'est toi.

— Ça aurait pu être toi, mais tu as préféré un costume en sapin.

— Où est mon neveu ?

Silence.

Bobby laissa doucement descendre sa main. Si les choses tournaient mal, il lui faudrait deux secondes pour vider son chargeur sur le vieux. L'imbécile sur sa chaise en plastique y passerait aussi mais, a priori, ce ne serait pas une grande perte. Presque sans bouger les lèvres, elle expliqua son plan à son mari. Le boss nous a ordonné d'attendre à l'intérieur de la voiture. Il va se faire tuer, j'aime pas ça du tout. Bobby, ma chérie. Il n'y a pas de « chérie » qui tienne, tu le vois aussi bien que moi. Je te dis d'attendre.

Dehors, les deux hommes discutaient à voix basse.

— J'ignore tout de ton neveu. Ce que je sais, dit Dudas Franco, c'est qu'il y a une demi-heure, mes supérieurs m'ont donné le feu vert.

— Pour ?

— Pour ne pas te tuer, vieille tête de lard, dit Dudas en se retournant vers les Bobby. Arrêtez de faire des messes basses, je vous entends d'ici. Amenez-le !

Il se retourna vers Coveiro.

— Ils vont descendre. Ne fais pas de bêtises, ce serait regrettable pour tout le monde.

— Dis-leur de jeter leurs armes d'abord.

— Jetez vos armes par la vitre !

— Bobby, fais ce que le boss te dit.

— C'est pas une bonne idée.

— Fais-le.

— J'espère que j'ai tort.

— Je te dis de le faire.

Elle jeta son arme, non sans lui avoir fait comprendre qu'ils reparleraient de tout ça à la maison.

Les Bobby descendirent, mains en l'air, ils allèrent à l'arrière et détachèrent les tendeurs qui retenaient le fauteuil roulant.

— Amenez-le par ici.

Les deux frères se retrouvèrent face à face. Il y en avait un qui avait la tête explosée et le nez qui pointait vers l'ouest, l'autre un œil au beurre noir et les deux jambes cassées. Tous deux gémissaient de douleur et tremblaient sur leur chaise, en manque d'un bon shoot d'héroïne.

Double Mickey balbutia comme un possédé sous son bâillon, comme s'il venait de voir un fantôme. León de Miguel faisait non de la tête. De toute évidence, il était beaucoup plus intelligent que son frère et comprenait que les choses étaient en train de mal tourner.

— Et celui-là, c'est qui ? demanda Coveiro.

Dudas Franco ne fut pas étonné qu'il ne le reconnaisse pas, tant de choses s'étaient produites depuis que le couvercle du cercueil avait été refermé.

— Tu ne regardes pas les infos ?

— Non.

— C'est le type que tu as enterré hier en fin de journée. Leonardo de Miguel.

— Un bonneteau ? demanda Coveiro.

— Un bonneteau.

— Tu as l'intention de me tirer dans le dos ?

— Je t'ai dit que je n'avais pas d'arme, répondit Dudas Franco.

Alors Coveiro laissa soudain tomber son fusil à canon scié et courut vers la remise. Il avait enfin compris où se trouvait son neveu. C'est le type sur la chaise roulante qu'ils avaient mis dans la voiture, pas Marco. Voilà pourquoi sa ceinture à outils se trouvait près de la tombe. Le gamin avait surpris les Tapia en plein boulot. Voilà pourquoi le

Russe ne savait rien. Voilà pourquoi Double Mickey ne savait rien. Voilà pourquoi Dudas Franco ne savait rien. Marco n'était qu'un extra. Quelqu'un qui n'avait pas de chance, c'est tout.

Son neveu était donc resté enterré là-dessous tout du long.

Armé de sa pelle, Coveiro repartit vers les tombes. Il lui fallut ralentir, de peur de faire un infarctus.

— On peut savoir où tu vas ?

— Déterrer mon neveu.

Épilogues

Il s'en fallut de quelques minutes que Marco ne meure asphyxié. Son oncle le tira du cercueil et le serra dans ses bras sans un mot. Le gamin passa le reste de la matinée à dormir, peut-être par fatigue, peut-être par manque d'oxygène. Il ne fit aucun rêve, ou du moins ne s'en souvint pas. Quoi qu'il en soit, il expliqua à Coveiro que la mort, c'était ennuyeux et ça donnait sommeil. Pour la seule et unique fois, Marco vit son oncle verser une larme.

León de Miguel avait compris que les choses tournaient mal bien avant qu'on le pousse jusqu'au bord de la fosse. Il voulut leur dire qui il était, qu'il pouvait les rendre riches, mais n'en eut pas le temps. Bobby vida la chaise roulante comme s'il déchargeait une brouette et León tomba la tête la première dans le cercueil. Bobby lui tira deux balles dans la nuque et jeta pistolet et silencieux dans la boîte. Coveiro referma le couvercle et, saisissant sa pelle, l'enterra pour la seconde fois.

Les Bobby quittèrent l'hôtel pour rentrer chez eux. Un mois plus tard, ils organisaient un barbecue dans leur jardin. Furieusement charmants. Au menu, saucisses fraîches sur le gril. Les voisins se servirent dans un plat en aluminium. Chaque fois que quelqu'un en avalait une bouchée, les hôtes se regardaient en souriant. Une des voisines fit remarquer combien ils s'aimaient, c'était évident. Bien sûr, ajouta une autre, il suffit de voir la complicité dans leurs yeux. Moi, conclut une troisième, ce qui me fascine, c'est ses cheveux.

Dudas Franco s'assit sous le porche. Coveiro lui apporta un café. Ils discutèrent de tout ce qui s'était passé, en vieux amis. Alors comme ça tu as pris le pédophile pour Marco ? J'ai la vue qui baisse, j'imagine, et il faisait nuit. Et t'as fait une charpenterie au Russe ? Coveiro haussa les épaules. Il raconta ce qui s'était passé à la *Sala Rociera*. Tout au canon scié ? Oui. Bon, on devrait pouvoir arranger ça. D'accord. La conversation prit une autre direction et, comme les deux vieux qu'ils étaient, ils finirent par parler du passé.

Tu as mis le feu au Windsor seulement pour simuler ta mort ? J'ai peut-être eu la main un peu lourde. Et après ? J'ai mis les voiles. Au Nicaragua ? Au Honduras ? Nicaragua.

Silence.

Encore des souvenirs.

Je te dois une belle cicatrice, dit le Duc en caressant des doigts la peau douce de son épaule. L'autre l'a prise en plein cœur, mais toi, je t'ai sauvé la vie, dit Coveiro. Oui, c'est vrai.

Ce fut la seule et unique fois, fini les cafés après ça. Ils ne se revirent jamais, tous deux savaient qu'on ne ressoude pas du vieux fer rouillé. Après être passé chez Rubí de Miguel, Dudas Franco rentra dans son appartement, mit son dentier à tremper dans un verre et alla se coucher. Il dormit dix heures d'affilée. À son réveil, il avait des plaies dans la bouche. Plus jamais il n'oublia sa colle dentaire.

Rubí de Miguel reçut la visite de Dudas Franco. Je vous ramène votre fils, comme promis. Et León ? Votre fils aîné est parti. Merci, mon p'tit Dieu !

Je crois que vous ne m'avez pas bien compris.

Les Bobby firent leur apparition, obligèrent Rubí à se déshabiller et à s'asseoir dans la baignoire. Après, ils lui tirèrent un coup de fusil en plein visage.

Juste avant de perdre la tête, elle pensa à Dieu et à une main en particulier : des as et des huit. La main du mort.

Double Mickey passa de vie à trépas sur la cuvette des waters. Les Bobby se chargèrent de lui injecter la dose exacte d'héroïne suffisant à provoquer une overdose. Il sentit comme des sabots de cheval lui galoper dans la poitrine. C'était son cœur qui était sur le point d'éclater. Il n'eut pas peur : il avait vu son frère revenir d'entre les morts, il n'était pas aussi fou qu'on le disait. Lui aussi reviendrait, et alors ils allaient tous se chier dessus. Le cadavre de sa mère dans la baignoire fut la dernière chose qu'il vit, et pourtant il mourut heureux, un fusil à canon scié dans les mains.

Daniela dormit jusqu'au lendemain. À son réveil, Marco se tenait dans l'encadrement de la porte, en bleu de travail, sa ceinture à outils autour de la taille. J'ai fait sortir le cochon, mon oncle dit que les animaux doivent dormir dehors. Daniela remonta le drap en acquiesçant. Tu as soif? Elle répondit que non, ce qui valait mieux étant donné que Marco ne lui avait pas apporté d'eau, il voulait juste savoir si elle avait soif après avoir tant dormi. Daniela demeura longtemps auprès d'eux, jusqu'à ce que ses blessures guérissent. Les blessures extérieures, car les autres mettraient plus de temps à cicatriser. Un soir, après dîner, elle montra l'enveloppe à Coveiro. En vrai, on est mariés, dit-elle. Le vieux lui conseilla d'aller voir un avocat, elle aurait peut-être droit à quelque chose. Elle retourna chez sa mère. Elle la trouva en deuil, avec vingt kilos de moins. Je croyais t'avoir perdue pour toujours, ma fille. Je t'ai cherchée encore et encore... Daniela reprit le cours normal de sa vie et s'inscrivit à un cours de danse contemporaine. Elle avait pris le flamenco en horreur. Elle confia une copie du contrat de mariage à un avocat. Une semaine plus tard, celui-ci venait la voir en compagnie d'un type en costume qui travaillait pour la plus célèbre entreprise de viande du pays. Héritage, actionnaire majoritaire, et patati et patata. De combien on parle? Oh, mademoiselle, de millions d'euros. Daniela dut se retenir au coin de la table, elle se sentait proche de l'évanouissement.

Quelques jours après sa sortie de l'hôpital, Chester était de retour au *Bublé*. Pas de clown, cette fois, c'est un type poli qui se présenta et commanda un café et une moitié de citron. Chester n'avait pas encore récupéré l'usage de la parole, raison pour laquelle il écrivit sur son bloc-notes, déchira la feuille et la passa à l'inconnu. *Qu'est-ce que vous voulez?* À votre avis, l'ami? Parler de la famille de Miguel, bien sûr. Je me suis laissé dire que c'était vous qui aviez révélé le scandale pédophile du fils. Chester posa un billet de dix sur le comptoir et fit mine de partir. Dudas Franco le retint par le coude. Cette fois, pas de visite surprise dans un ascenseur, vous avez ma parole. Chester lui adressa un regard méfiant avant de se rasseoir. Qu'est-ce que vous savez? Chester arracha une autre feuille : *Rien, juste ce qu'en dit la presse. C'est le fils qui a fait le coup?* De toute évidence, répondit Dudas Franco, il était fou à lier. Une crise de delirium tremens, notez ce que je vous dis. Et ce n'est pas tout : auparavant, il s'était occupé du Russe, son corps n'a pas été retrouvé mais ça viendra. Une autre feuille : *Et vous, comment vous êtes au courant?* Voilà qui n'a aucune importance, continuez à noter ce que je vous dis. Double Mickey est aussi responsable de la tuerie dans la boîte de nuit, ainsi que de l'incendie. Une dernière feuille d'une écriture nerveuse, comme si Chester en voulait au papier : *Et qui me dit qu'on ne va pas s'en prendre à moi quand tout sera publié? C'est quoi, la suite? Vous allez me couper les oreilles?* Dudas Franco souffla sur sa tasse, rit de bon cœur et finit son café. Mais non, l'ami, mais non. La question que vous devez vous poser, c'est plutôt ce qui arrivera si vous ne publiez pas tout ce que je vous ai dit. Merci pour votre attention, dit-il poliment avant de partir.

Il avait appris à Marco à se débrouiller tout seul, à mettre sa ceinture à outils par-dessus ses habits, à s'occuper d'un cochon adulte, à cuisiner, à ne pas gaspiller l'eau et à entretenir le cimetière. Au bout de cinq ans, Coveiro mourut d'un infarctus en rentrant à la maison, bien avant d'arriver au pont et même d'apercevoir le clocher de l'église. Il revenait de la chasse les mains vides. Il tomba en travers d'un sentier de montagne, à un endroit où les ronces brunes et le noir du granit et de l'ardoise se confondaient avec l'obscurité qui descendait sur lui.

Il ferma les yeux et, bercé par la rumeur de la forêt, se dit qu'il irait en enfer, de toute évidence.

DU MÊME AUTEUR

Aux Éditions Gallimard

LA SAGESSE DE L'IDIOT, Série Noire, 2024 (Folio Policier n° 1042)

Déjà parus dans la même collection

Marin Ledun, *Henua*
Jorn Lier Horst, *Le dossier 1569*
Macodou Attolodé, *Étincelles rebelles*
Deon Meyer, *Leo*
Marc Trévidic, *Huitième section*
Thomas Bronnec, *Coliseum*
Dolores Redondo, *En attendant le déluge*
Jeff Lindsay, *Riley s'attaque au Vatican*
Leslie Wolfe, *À cœurs ouverts*
Jo Nesbø, *Rat Island*
John Brownlow, *L'Assassin Eighteen*
Danü Danquigny, *Vieux kapiten*
Solange Siyandje, *L'affaire Sylla*
Mike Nicol, *Rabbit Hole*
Marto Pariente, *La sagesse de l'idiot*
Jørn Lier Horst & Thomas Enger, *Que le meilleur gagne*
Sébastien Raizer, *Terres noires*
Jo Nesbø, *Éclipse totale*
Caryl Férey, *Okavango*
Jørn Lier Horst, *Le Mal en personne*
Thomas Cantaloube, *Mai 67*
Chris Pavone, *Deux nuits à Lisbonne*
Marin Ledun, *Free Queens*
Olivier Barde-Cabuçon, *Hollywood s'en va en guerre*
John Brownlow, *L'agent Seventeen*
Jacques Moulins, *Menaces italiennes*
Dror Mishani, *Un simple enquêteur*
DOA, *Rétiaire(s)*

Deon Meyer, *Cupidité*
Thomas Bronnec, *Collapsus*
Chang Kuo-li, *Le sniper, le président et la triade*
Jo Nesbø, *De la jalousie*
Horace McCoy, *Les Rangers du ciel*
Sébastien Raizer, *Mécanique mort*
Jeff Lindsay, *Riley tente l'impossible*
Jørn Lier Horst, *La chambre du fils*
Audrey Gloaguen, *SEMIA*
Sébastien Gendron, *Chez Paradis*
Mike Nicol, *Infiltrée*
Danü Danquigny, *Peter Punk au Pays des Merveilles*
Chantal Pelletier, *Sens interdits*
J. P. Smith, *La médium*
Raf Vallet, *Mort d'un pourri*
Raf Vallet, *Adieu poulet!*
Jacques Moulins, *Retour à Berlin*
Jo Nesbø, *Leur domaine*
Chang Kuo-li, *Le sniper, son wok et son fusil*
Deon Meyer, *La femme au manteau bleu*
William Lindsay Gresham, *Nightmare Alley*
Jørn Lier Horst, *Le code de Katharina*
Olivier Barde-Cabuçon, *Le Cercle des rêveurs éveillés*
Thomas Cantaloube, *Frakas*
Marin Ledun, *Leur âme au diable*
Jean-Bernard Pouy & Marc Villard, *La mère noire*
Parker Bilal, *Les divinités*
Pierre Pelot, *Les jardins d'Éden*
Dolores Redondo, *La face nord du cœur*
Sébastien Raizer, *Les nuits rouges*
William R. Burnett, *Good-bye, Chicago 1928*

William R. Burnett, *Little Caesar*
Jacques Moulins, *Le réveil de la bête*
Deon Meyer, *La proie*
Jean-Patrick Manchette, *L'affaire N'Gustro*
Jørn Lier Horst, *Le disparu de Larvik*
J. P. Smith, *Noyade*
Dror Mishani, *Une Deux Trois*
Sébastien Gendron, *Fin de siècle*
Parker Bilal, *La cité des chacals*
Vlad Eisinger, *Du rififi à Wall Street*
Danü Danquigny, *Les aigles endormis*
Neely Tucker, *Seules les proies s'enfuient*
Marc Villard, *Barbès Trilogie*
Caryl Férey, *Paz*
Mike Nicol, *L'Agence*
Jo Nesbø, *Le couteau*
Tom Piccirilli, *Dernier murmure dans le noir*
Bryan Reardon, *Le vrai Michael Swann*
Chantal Pelletier, *Nos derniers festins*
Marin Ledun, *La vie en rose*
Elsa Marpeau, *Son autre mort*
Jørn Lier Horst, *L'usurpateur*
Patrick Hoffman, *Chaque homme, une menace*
Éric Maravélias, *Au nom du père*
Thomas Cantaloube, *Requiem pour une République*